O CHEIRO DOS NÚMEROS

ROGÉRIO PORCIUNCULA

O CHEIRO DOS NÚMEROS

VERMELHO MARINHO
2023

Editor-chefe: Tomaz Adour
Revisão: Equipe Vermelho Marinho
Diagramação: Marcelo Amado
Capa: Rogerio Porciuncula

Texto revisado segundo o novo Acordo Ortográfico
da Língua Portuguesa.

Dados Internacionais de Catalogação na Publicação (CIP)
Fabio Osmar de Oliveira Maciel – CRB-7 6284

P834c

Porciuncula, Rogério
O Cheiro dos números / Rogério Porciuncula. – 1. ed. –
Rio de Janeiro : Vermelho Marinho, 2023.
192 p. ; 21 cm.

ISBN 978-85-8265-317-3

1. Romance brasileiro. I. Título.

689-204-23 CDD : 869.93

Índice para catálogo sistemático:
1. Romance: Literatura brasileira 869.93

VERMELHO MARINHO
EDITORA VERMELHO MARINHO USINA DE LETRAS LTDA
Rio de Janeiro — Departamento Editorial:
Avenida Gilka Machado, 315 — bloco 2 — casa 6
Recreio dos Bandeirantes — Rio de Janeiro — RJ
CEP: 22795-570
www.editoravermelhomarinho.com.br

SUMÁRIO

PRIMEIRO MOVIMENTO

POR TRÁS DO SITE

Só posso dizer que a minha vida se transformou numa loucura sem fim quando decidi criar o *Percepções Cruzadas*, meu site. Se meu tempo fosse somente para a sua execução, seria muito prazeroso, tenho certeza. Estou adorando fazê-lo. Num mundo perfeito teria todo o tempo para essa empreitada; contudo preciso dividir meu tempo com questões mais cotidianas, como o meu trabalho e as minhas pesquisas pessoais.

Com esse parágrafo, Jandira começou a escrever seu diário *on-line* privado. Tomou essa decisão como uma autoterapia; uma forma de expurgar os traumas e tristezas do passado. Desejava mudar o comportamento e a rotina a que ela mesma havia se imposto.

Introvertida, Jandira tinha uma vida social que podia ser definida como... minúscula. No trabalho, mesmo convivendo todos os dias com as mesmas pessoas, interagia somente o necessário para desempenhar bem a sua função. Com olhar sempre grudado na tela do computador, procurava ser socialmente invisível.

Costumava declinar dos minguados convites para sair, dos colegas do trabalho, a fim de evitar situações desconfortáveis. De tempos em tempos, recebia um convite para uma comemoração e se obrigava a ir. O problema é que sempre acabava num canto, isolada. Com esse comportamento, a cada convite aceito menos ela recebia.

Estranha. Essa é a palavra que vejo estampada no rosto de cada um, quando me afasto. Não perguntam o porquê desse meu comportamento. Na verdade, ninguém nem quer saber. É mais fácil alguém te rotular de bipolar, ou coisa parecida, e continuar a vida. O que essas pessoas não sabem... É que sou sinestésica. A maioria nem sabe o que é sinestesia, e se sabem, não imaginam o que eu enfrento no meu dia a dia.

Logo no início, percebeu que o diário não ajudaria muito se ela não tocasse na parte mais dolorosa: sua adolescência. Mencioná-la era vital para começar uma mudança.

Se não me falha a memória, perto dos meus onze anos minha vida mudou. Era domingo. Lembro-me bem do dia da semana, porque estávamos nos preparando para ir ao culto. Meu pai nos obrigava, fizesse sol ou chuva, como uma linda e devotada família feliz. Eu e minha mãe tínhamos de estar impecáveis. Nossas roupas sem sequer um amassado.

Já nessa época, não gostava de perfumes. Cheiros fortes me incomodavam muito. Naquele dia, quando estávamos quase com os pés fora de casa, meu pai me chamou com um frasco de perfume na mão. Ao perceber sua intenção, pedi a ele que não o colocasse em mim. Mesmo assim, contra a minha vontade, ele pressionou a válvula do *spray* na minha direção. Instintivamente, virei à cabeça tentando fugir daquela borrifada, mas a enjoativa nuvem doce me acertou em cheio. Minhas narinas irritadas enturveceram minha visão com um amontoado de números. Minha cabeça doía. Tudo rodava. Preocupada, minha mãe me chamava, mas eu não conseguia responder. Se não me engano, pouco depois desmaiei, e quando acordei, estava numa cama de hospital com minha mãe aflita, ao meu lado. Meu pai ficou calado até chegarmos em casa. Assim que entramos, ele começou a discutir com a minha mãe, acusando-a de ser a culpada pelo meu comportamento. Uma reação absurda e sem nexo. Na cabeça dele, tudo que acontecera naquela manhã, não passava de um chilique meu para não irmos ao culto.

Meu pai é um triste capítulo na minha vida. Usava a força para controlar minha mãe e esconder de si mesmo a sua fraqueza. Não tinha segurança em si, nem amor próprio. Obcecado pela religião, se deixava manipular sem questionar. No torto modo de pensar, acreditava merecer nada menos que a perfeição em troca da devoção, da fé. Andava na rua com o peito estufado, sempre com um sorriso no rosto, mas era infeliz. Quando algo não saía do seu jeito, esbravejava pela casa com o rosto vermelho de ódio. Tínhamos de fazer o que ele achava ser o certo, não o correto. Se não fosse perfeito, no seu ponto de vista, não prestava e tinha que ser escondido.

Hoje, olhando para trás, penso que além de toda ignorância, talvez ele tivesse algum tipo de distúrbio mental que só piorou com o tempo. Desse dia em diante, a implicância comigo só aumentou.

Depois de Jandira sair do hospital, sua vida nunca mais foi a mesma. Nunca mais parou de ver números em todos os lugares. Quando a mente ficava sobrecarregada com a quantidade de números, em geral, desmaiava. Ela não entendia, nem conseguia explicar direito o que acontecia. Nas poucas vezes que tentou, ele a interrompia e, se ela insistisse, a colocava de castigo.

Olga, sua mãe, a escutava. Com carinho. Jandira achava que ela também não acreditava nas histórias, contudo a ouvia com paciência. Quando os desmaios aumentaram, preocupada com a situação, decidiu investigar o que se passava com a filha, levando-a a vários médicos na busca de um diagnóstico. Foram inúmeros exames, no entanto em nenhum foi detectado o problema; pelo contrário, todos estavam sempre perfeitamente normais.

A última médica foi uma neurologista indicada por um dos médicos. Após os exames neurológicos não acusarem nada de errado com a menina, e sabendo do histórico, a curiosidade científica a fez ainda mais interessada no caso. Escutando sem julgar as histórias contadas por Jandira, a médica decidiu outra abordagem e realizou, ao invés de mais exames, um experimento. E o resultado confirmou a suspeita: Sinestesia.

Jandira tinha um forte cruzamento entre o olfato e a visão, mais especificamente, a visão de números. Cada vez que ela inspirava, sentindo os cheiros ao redor, via várias sequências numerais. E essas, dependendo do cheiro, podiam variar de dois a centenas de dígitos.

Apesar de ser difícil de entender como isso era possível, só o fato de ela ter um diagnóstico, já era um alívio para a mãe. Agora Jandira tinha um respaldo médico para mostrar ao pai que ela não era louca, nem estava possuída pelas malignas forças do além.

> Lembro-me até hoje a conversa que minha mãe teve com meu pai sobre o meu diagnóstico. Durante toda a conversa, ele ficou imóvel, não a interrompeu sequer uma vez. De vez em quando me olhava, de rabo de olho. Mesmo sem olhar diretamente para mim, eu podia sentir em seu corpo o desconforto com a explicação.
>
> — Feliz? — perguntou ele após minha mãe terminar. Com medo da reação, abaixei meus olhos e não respondi. — Bela explicação pra... — Cerrou as mãos e bateu na própria perna. — Mas não se engane. Não acredito nesse showzinho. Onde já se viu, ver números ao cheirar alguma coisa. Você vai continuar a me obedecer sem essa... desculpa esfarrapada. Vai fazer o que eu mando! As coisas dentro dessa casa não vão mudar, se é isso que você achou que aconteceria. Pense muito bem no que você está fazendo. Entendeu?!
>
> Meu pai se levantou e foi para o quarto, batendo a porta com tanta força que nós, na sala, trememos.
>
> Como de costume, minha mãe olhou para mim e, num tom consolador, me disse:
>
> — Jandira, você sabe como seu pai é. Ele vai entender com o tempo. — Sentindo a minha tristeza, ela abriu os braços. — Vem cá, minha filha. Nunca se esqueça do quão especial você é e do quanto mamãe te ama.
>
> Minha mãe sempre foi a pessoa mais importante da minha vida. O porto seguro que me acalentava.

Daquele dia em diante, incompreensivelmente, o perturbado pai passou a evitar olhá-la nos olhos. Falava dela sempre como se ela não estivesse no recinto. Em cruéis comentários, deixava claro que a menina não era normal. Olga não aguentava mais as atitudes do marido. Passou a enfrentá-lo. Ficava louca com as coisas por ele ditas, e a cada dia, as discussões ficavam mais pesadas; às vezes terminavam em agressões físicas. Semana após semana. Mês após mês. A situação foi se tornando insustentável ao ponto da saúde de Olga se deteriorar. Um ano e meio após o diagnóstico de Jandira, sua mãe veio a falecer de câncer.

Foi terrível para a garota ficar sem a mãe. Passou a viver como um fantasma. Ela e o pai andavam pela casa sem se falarem. Ele cozinhava, mas deixava a comida nas panelas para a filha se servir. A comunicação entre os dois era bizarra, apenas através de bilhetes presos nas portas dos quartos. Jandira só podia contar consigo mesma.

Sua mãe lhe ensinou muita coisa. Uma delas foi nunca desistir de procurar uma saída no meio do caos. Infelizmente, Olga nunca procurou uma para si mesma.

Dentro do refúgio de oito metros quadrados, pensava na situação e em como poderia tirar algum proveito desse caos. Precisava de uma rota de fuga para manter a sanidade. Sonhava com a independência, com o dia em que ela sairia de casa. Não havia muitas opções para uma menina de treze anos a não ser mergulhar de cabeça nos estudos. A única coisa necessária era tempo e isolamento, e isso tinha de sobra.

Com o passar dos anos, Jandira foi aprendendo a controlar e minimizar os efeitos de sua condição. Ainda na adolescência descobriu formas de burlá-los, criando artifícios para aumentar a atenção e a concentração. Passava pomada descongestionante nas narinas antes de entrar na escola. O cheiro intenso de cânfora, mentol e eucalipto mascaravam todos os outros cheiros e assim, só via três pequenas sequências de números na mente. Esta simples técnica lhe deixava mais controlada, mais calma.

Nessa época começou a compreender que tudo na vida tinha dois lados. Se por um se beneficiava com o uso dessa pomada de forte odor, por outro, se tornava o indesejável centro das atenções. Em outras palavras, ela era o alvo preferido para chacotas, tanto dos meninos quanto das meninas.

Começou a se desafiar. Competia com as limitações. A cada etapa vencida, criava outra e assim foi se tornando viciada em aprender.

Com o passar do tempo percebeu a dádiva que tinha nas mãos. A constante visualização dos números tornou a matemática mais amigável ao cérebro. Resolver problemas complexos passou a ser divertido. Aos poucos foi se dando conta de que sua memória e criatividade estavam muito acima da média. E o boletim passou a refletir estas características.

Passou em primeiro lugar para uma das melhores faculdades de Ciência da Computação. Nela, além de ampliar os conhecimentos científicos, conseguiu desenvolver minimamente as habilidades sociais. Não era uma garota popular, muito longe disso, mas pelo menos não era mais a estranha com super QI. Embora tenha feito um grande progresso ao longo do curso, no dia da colação de grau, sentiu-se muito sozinha; abandonada. Foi a única da turma sem nenhum parente no auditório.

> Cheguei em casa e, triste, fui direto para o meu quarto, deitar. Na porta, havia um bilhete com o seguinte recado: "A fonte secou. Não lhe dou mais um centavo".

Ela entendeu o recado. Desde o falecimento da mãe, ele pagava os estudos e lhe dava uma pequena quantia para as despesas diárias. Durante a faculdade, cortou o dinheiro das despesas e ela passou a se sustentar com o apertado salário de estagiária e algum dinheiro que a avó lhe enviava. Ela já esperava que ele faria isso, só não pensou que seria na noite de formatura.

Na manhã seguinte, bem cedo, já estava de banho tomado e pronta para ir à luta. Tinha de fazer algo rápido. Com o término da faculdade, não poderia mais estagiar. Não havia tempo a perder. Precisava de um emprego.

Sem saber por onde começar, conversou com Thales, seu chefe no estágio. Por sorte, dias antes, um amigo o informara sobre uma vaga no departamento de informática da Universidade Hurech, que se encaixava como uma luva ao perfil da Jandira.

Apesar de se sentir constrangida, abriu o coração e lhe contou a situação que estava enfrentando. Entendendo o problema, Thales rapidamente ligou para o amigo e, explicando a competência e a confiança que nela depositava, agendou para aquele mesmo dia uma entrevista com o responsável do departamento.

Após quase duas longas horas de entrevista, Jandira saiu da universidade com o emprego.

O cargo no departamento de Redes Neurais Artificiais foi como um sinal. Há muito tempo pensava em se especializar em Inteligência Artificial, e essa oportunidade foi a confirmação necessária para levar adiante o anseio de fazer uma pós-graduação. Além disso, esse trabalho dentro da universidade a ajudaria muito no acesso aos professores do curso.

Tudo estava se encaixando e ela não podia estar mais feliz. À noite, deixou um bilhete na porta do pai:

"Arranjei um emprego. Saio de sua casa em breve."

Infelizmente as coisas não foram tão rápidas quanto ela imaginava. Um ano depois, ainda continuava na casa do pai. Semana após semana procurava um apartamento para alugar. O salário era bom para um primeiro emprego. O problema era a conta que não fechava. As despesas subiram bastante. Além de bancar todas as despesas pessoais e as da pós, o pai passou a lhe cobrar pela metade de tudo dentro de casa. Comida, água, luz, gás, tudo mesmo, até por reparos no encanamento.

UMA MUDANÇA PARA CHARISSE

Tudo mudou quando uma carta, endereçada a ela, foi deixada por baixo da porta de casa. Um escritório de advocacia solicitava a sua presença para a leitura do testamento da avó.

Ao ler a carta, Jandira teve a sensação de levar um baita soco no estômago. Suas pernas tremeram. Ficou zonza e apoiou-se na parede com medo de desmaiar. Apesar da distante relação, por questões familiares e das longas viagens que ela fazia a trabalho, sentiu como se a última pessoa da família tivesse lhe deixado. A última que mesmo muito ausente, gostava dela.

Edna, avó por parte de mãe, era uma mulher muito independente e absolutamente focada no trabalho. Arqueóloga, dizia que sua paixão era escutar as vozes do passado. Possuía um raciocínio e uma clareza de pensamento invejáveis. Sempre cheia de histórias e aventuras inebriantes. Mulher à frente do tempo, nunca se casou. De filhos, teve apenas a mãe de Jandira. Lamentavelmente, Edna também foi muito negligente.

Segundo Olga, o avô de Jandira era um colega de trabalho de Edna. Foi um romance breve, mas muito intenso. Porém, na semana que Edna descobriu estar grávida, ele, que estava em uma expedição nos Andes, desapareceu sem que ela tivesse a chance de contar sobre a gravidez.

A avó nunca gostou do marido da filha. Foi contra o casamento. Dizia que ele não era um homem bom. Talvez, por isso, Olga nunca tenha comentado com a mãe o que se passava dentro de casa. Jandira imaginava ser por vergonha de admitir o erro. O fato é que mesmo depois da morte de sua mãe, nem ela, em uma ou outra oportunidade que a viu, contou a vida que levava com o pai. Inconscientemente, quiçá por um torto respeito à mãe, Jandira acabou seguindo os seus passos e continuou omitindo os problemas vividos em casa.

Edna não era rica e costumava dizer que a riqueza de uma pessoa era o que ela aprendia durante a vida. Contudo, deixou justamente o necessário para Jandira naquele momento. Na leitura dos bens, feita pelo advogado, constava: uma conta corrente com um pequeno saldo, alguns investimentos e o mais importante, um apartamento de sala e dois quartos.

Até o final dos trâmites legais, Jandira não disse sequer uma palavra ao pai sobre a herança recebida. Após a conclusão, ela pediu, no trabalho, uma licença de dois dias para a mudança. Não tinha muita coisa além de seus pertences pessoais e alguns objetos de sua mãe. Nem os velhos móveis do quarto os considerava como seus. No dia da mudança, Jandira esperou que o pai saísse para o trabalho e começou a empacotar tudo. Pouco depois da hora do almoço, quando a pequena caminhonete chegou, as caixas já estavam na portaria do prédio. Porém, antes de partir, com uma mistura de tristeza e felicidade, deixou um curto bilhete na porta do quarto do pai que definia o que ela pensava:

"Você está livre de mim. Obrigada pelo pouco que você pensa ter me dado."

Não disse como nem para onde. Simplesmente saiu de sua vida para sempre.

...

Edna morava na parte alta do antigo e tranquilo bairro de Charisse. Um oásis no meio da cidade com ruas bem arborizadas e belas praças. O apartamento ficava no quarto e último andar de um imponente prédio em estilo *art deco.*

Jandira não ia à casa a um longo tempo e pouco lembrava do local. Das três sacadas arredondadas com gradis de ferro da sala, era possível ver os bairros vizinhos com as montanhas do parque estadual ao fundo — uma visão deslumbrante.

Enquanto apreciava a vista, tentou imaginar como seria a vida dali em diante. E dentro dela, algo a dizia, ainda que timidamente, que a caminhada tinha apenas começado.

As caixas da mudança ficaram no meio da sala. Tinha um dia e meio para arrumá-la. Mesmo com o pouco tempo, decidiu olhar o apartamento, cômodo a cômodo, e pensar o que faria para torná-lo seu.

Na sala não havia muita coisa a mexer, exceto manter as janelas abertas para retirar os irritantes números visualizados pelo cheiro de guardado. A cozinha, área de serviço e banheiros estavam ótimos e pareciam terem sido reformados na última década.

A porta à esquerda, no corredor, era o quarto onde a avó dormia. Ali estava o trabalho mais pesado de arrumação. Retirar os pertences de Edna, liberar o espaço no armário, na cômoda e na penteadeira. Essa era a prioridade. E assim que terminou de esvaziá-los, colocou nas suas caixas da mudança já vazias. Assim seria mais fácil levá-los para doação.

A última porta do corredor era o segundo quarto, transformado em um escritório. Nele uma enorme escrivaninha de madeira maciça, de costas para a janela, mostrava ser o cômodo onde a avó passava a maior parte do tempo quando estava em casa. Um armário com portas e gavetas, até quase a altura do parapeito da janela, circundava todo o cômodo. Acima desse armário, prateleiras contínuas expunham artefatos, livros e fotografias do seu trabalho e da sua vida.

Em cima da grande escrivaninha, um extraordinário vaso, aparentemente feito em terracota, brilhava com a luz vinda da fresta da janela. Longilíneo, de uns vinte centímetros de altura, com uma silhueta que se assemelhava a de uma mulher careca sentada sobre os calcanhares. A tampa do recipiente fazia as vezes de cabeça. Embora muito desgastado pelo tempo, com trincas e rachaduras por toda a peça, ainda era possível ver resquícios de uma pintura na cabeça, nas mãos e nos pés. Mais do que a simples beleza estética, o vaso parecia ter um significado maior para Edna.

Vasculhando as gavetas, Jandira encontrou uma antiga foto, amarelada pelo tempo, a avó ainda bem jovem, com um belo rapaz ao lado. Os dois estavam encostados em um enorme bloco de pedra talhado no meio de uma floresta. Nela, o rapaz sorria para a câmera, enquanto a avó, enamorada, o olhava. Aquele só podia ser o seu avô. Os olhos, nariz e, principalmente, o sorriso eram iguais aos da sua mãe.

De certa forma, a foto a fez entender, ainda mais, a dedicação da avó ao trabalho. Numa conversa, após o falecimento de Olga, Edna mostrara claramente a Jandira a sua crença na continuação do ser. Não da forma dita pelas religiões. Sabia que muito conhecimento havia sido jogado fora para atender aos interesses de alguns grupos. Por isso, buscava indícios dessa continuidade em antigas civilizações esquecidas. Mas o que decerto mais a marcou, nessa conversa, tenha sido a frase:

"A infinidade do universo não aceita a finitude da vida."

Talvez influenciada pela avó, e pelo que vivenciara dentro de casa, Jandira também acreditava na existência de algo a mais. Agnóstica, entendia que essa resposta estava muito além da nossa capacidade de compreensão. Vendo tudo aquilo, Jandira não pôde evitar de pensar se, antes de morrer, Edna tinha conseguido algum indício.

Tomada pela emoção, sem querer, trombou na escrivaninha ao tentar se apoiar. De repente, foi arrebatada pela visão de um número com uma quantidade absurda de dígitos. Tão grande que ocupou todo o seu campo de visão. Entretanto essa não era a parte mais estranha. Esse número aparecera sem nenhuma associação a cheiros. Como ela podia visualizá-lo sem sentir um cheiro? De onde vinha essa sequência numeral?

Literalmente, seus receptores nasais desligaram. Não sentia mais nenhum cheiro. Perplexa, andou pela casa à procura de algo que estimulasse o olfato. Apenas aquele gigantesco número permanecia na sua visão. Procurando se acalmar, sentou-se à mesa da cozinha e baixou a cabeça. Maçãs, bananas, laranjas. Aos poucos, os cheiros da cesta de frutas com seus números despertaram outra vez o olfato de Jandira. Pouco a pouco o enigmático número foi desaparecendo da visão. Sem pressa, ali ela permaneceu até voltar a normalidade.

SITE NO AR

Faltavam apenas três semanas para chegada do outono. Desde pequena, o outono e a primavera eram as suas estações preferidas. Tanto uma quanto a outra traziam a sensação de transformação. Mas o outono lhe proporcionava números doces de frutas maduras.

Perfeccionista, Jandira acabou investindo mais tempo do que queria na concepção e execução do site. Por se tratar de um site sobre sinestesia, com um forte lado social, achou fundamental ter áreas atrativas e amigáveis aos usuários. Mais do que para os usuários, essa empreitada lhe serviria como um canal para conhecer pessoas dando prosseguimento ao seu plano de mudança de vida.

Uma parte do código, um complexo algoritmo para encontrar pessoas compatíveis com seus interesses, para futuras interações sociais, consumiu mais tempo do que o previsto. Filtrá-las, corretamente, era essencial para o sucesso dessa programação. Assim, pesquisou e estudou tudo sobre o assunto, além de analisar o funcionamento de sites de relacionamento.

Outra ferramenta a ser desenvolvida era um bate-papo com vídeo. Nele, de forma gratuita e sem a necessidade de instalação de um software, os usuários poderiam fazer videoconferências com total privacidade e sem coleta de informação. No entanto, sem querer perder mais tempo com essa programação, correu atrás de alguém que pudesse ajudá-la.

Foi indicado um funcionário na área de novas tecnologias da comunicação, especialista em imagem e vídeo, chamado Wallace. E assim que teve oportunidade, entrou em contato e marcou uma conversa perto do final do expediente.

Wallace não tinha a menor ideia do que era sinestesia, nem nunca conhecera uma pessoa com essa condição. A primeira reação foi perfeita para deixá-la mais confortável. Muito empático, colocou-se em seu lugar tentando imaginar como ela via o mundo e, logo percebeu as dificuldades diárias. Essa atitude provocou em Jandira uma imediata sensação de segurança e descontração.

A conversa acabou sendo maior e melhor do que ela imaginava. Durante o bate-papo, Wallace ligou para uma amiga, jornalista, que se mostrou interessada no assunto. Queria saber os motivos por trás do site, os objetivos que Jandira queria alcançar. Queria detalhes para uma possível matéria no jornal. De uma simples consultoria técnica para o desenvolvimento da ferramenta, acabou saindo da conversa com uma possível e inesperada divulgação.

Essa jornalista era nada mais nada menos que Anne Danielle, socióloga que escrevia para um dos mais bem-conceituados jornais do país. Autora de vários livros, assinava uma coluna diária no "Jornal de Notícias Livres".

Segundo Anne, o potencial era bem maior do que Jandira imaginava. Ela previa que o site, em pouco tempo, receberia além de sinestésicos, médicos, pesquisadores, artistas e outros profissionais.

A reportagem de Anne Danielle foi publicada no dia 21, mesmo dia do lançamento. Às oito horas da manhã, começaram as primeiras visualizações. Ao final do primeiro dia, já havia 179 pessoas cadastradas e mais de 1.297 visitas.

Durante o primeiro mês, o site se transformou num dos assuntos mais badalados. Vários meios de comunicação fizeram reportagens abordando o tema. Algumas, inclusive, citavam o site como um farol que trazia luz a uma condição ainda pouco conhecida pela maioria das pessoas.

Jandira recebeu convites para entrevistas. Boa parte para a imprensa escrita. Somente dois convites foram para pequenas inserções em programas de televisão e neles, por causa da timidez, preferiu fazê-las pelo próprio bate-papo com vídeo do site. Mesmo assim, adorou os seus quinze minutos de fama.

VIDA APÓS O LANÇAMENTO

A rotina era sempre a mesma. Após chegar em casa, muitas das vezes cansada pelo ritmo de trabalho no departamento, Jandira tomava um relaxante banho e jantava procurando matérias que fossem de interesse da comunidade sinestésica. Fazia publicações no blog do site, lia as correspondências, administrava o fórum e, por último, checava os relatórios vindos do algoritmo de compatibilidade.

Dos 725 inscritos no blog, 205 possuíam algum tipo de sinestesia. Na ficha cadastral, caso a pessoa marcasse ser sinestésico, dois campos eram disponibilizados. No primeiro, o usuário podia incluir o seu tipo de cruzamento sensorial e no segundo, a experiência de vida com a sinestesia. O último não era obrigatório, e só podia ser visto por outras pessoas caso o usuário o tornasse público. Alguns relatos eram comoventes. Mostravam que não era incomum, entre os mais fortemente afetados por essa condição, o sentimento de incompreensão e isolamento. Sentimentos que Jandira, desde pequena, conhecia muito bem.

...

Um mês e meio após o lançamento do site, o algoritmo de filtragem emitiu uma sugestão de amizade com uma probabilidade de acerto acima de 82%. Essa era a primeira oportunidade de testar se a programação por ela desenvolvida funcionaria. Sem perder tempo, clicou no aviso para abrir a ficha cadastral.

Seu nome era Alessa Henke Silva. Uma mulher de 44 anos, bióloga, divorciada e sinestésica. Doutora em engenharia genética, Alessa trabalhava na multinacional KGenS, empresa de manipulação genética. E que, em breve, retornaria ao país após trabalhar dois anos em uma parceria entre a sua empresa e a universidade de Tóquio.

Sua sinestesia envolvia a audição e a visão. Ao escutar um som, a visão era inundada por ondas de cor. Sons agudos provocavam a visão de cores frias, e, os graves, cores quentes. Diferente de Jandira, sua associação acontecia em sentido único, ou seja, só acontecia da audição para a visão de cores, nunca ao inverso.

No perfil da Alessa, um fato aguçou a curiosidade de Jandira. Ela era cristã e se dizia praticante. Isso, em si, não era nada demais. Muitas pessoas esclarecidas têm uma religião, porém seu conhecimento profissional se chocava diretamente com os fundamentos da sua crença. Como é possível criar e manipular genes e, ainda assim, acreditar na criação divina do homem?

De fato, Alessa preenchia todos os requisitos profissionais e culturais que Jandira procurava para uma amizade, mas... e em termos pessoais? Como ela seria?

SEGUNDO MOVIMENTO

UM ENCONTRO COM 82% DE CHANCE

O dia amanheceu nublado numa sexta-feira atípica na cidade. Espremida entre um feriado e um final de semana, a agitação deu lugar à calmaria. Jandira saiu para trabalhar cheia de preguiça. Nas ruas, poucos carros e pessoas. Na sua cabeça, menos números e cheiros.

De muitas formas, essa sexta seria diferente. Pela primeira vez, ela se encontraria com Alessa, pessoalmente. E esse encontro não foi fácil de marcar. Alessa demorava bastante para responder os seus e-mails. Quando começaram a se comunicar, Alessa dissera a Jandira que antes de poder retornar ao país precisava terminar uma série de detalhes burocráticos do projeto. Segundo ela, muitos relatórios e uma farta quantidade de documentos a preencher. No final, acabaram marcando o encontro sem sequer terem a chance de se ver pelo bate-papo com vídeo.

Como as duas eram da mesma cidade e Alessa morava num bairro próximo, Jandira sugeriu o restaurante Villadini localizado na parte baixa do bairro de Charisse, na última casa de uma rua sem saída. Tradicional e pequeno, nele só era possível entrar com reserva. Isso tornava o ambiente mais acolhedor e, particularmente, tranquilo.

O estabelecimento com dois andares, aos pés do morro que dava nome ao bairro, possuía uma área externa fenomenal, nos fundos da construção. Uma espaçosa varanda, coberta com um lindo toldo vinho, que avançava pelo jardim. Apenas cinco confortáveis mesas ficavam nesse espaço. Parecia feito sob encomenda para as duas; dando o conforto auditivo necessário a Alessa e a paz olfativa à visão de Jandira, por ser bem arejado.

Perto das seis horas da tarde, caminhando para casa, seu celular tocou.

— Alô. Jandira?

— Sim, sou eu. Quem fala?

— Sou eu, Alessa — falou animada. — Como você está?

— Alessa! Que bom escutar a sua voz. Eu estou bem. E você?

— Tô ótima! Só te liguei pra confirmar nosso encontro, às nove horas lá no Villadini.

— Sim, confirmadíssimo.

— Ok então. Ah... Quase esqueci. Salva esse número. É o meu novo número. Beijo.

— Pode deixar. Beijo.

Jandira desligou o celular com uma sensação boa e pensou consigo: "Até agora tudo bem. Parece ser educada e tem um tom de voz agradável. Acho que vai ser uma noite bem legal". Sorrindo, continuou a caminhar para casa.

Para aguentar até a hora do encontro, decidiu fazer um lanchinho enquanto verificava o site. Para sua sorte, tudo estava tranquilo. Pelo visto, até os usuários do blog tinham aproveitado o feriado prolongado para viajar e se desligar do mundo virtual. "Melhor assim", pensou ela. "Mais tempo para eu fazer as minhas coisas."

Chegou às oito e trinta e cinco ao Villadini. Após se apresentar, a recepcionista verificou a reserva e a acompanhou até a mesa no deck do jardim.

— Boa noite — disse o garçom gentil, e ofereceu o cardápio. — Seja bem-vinda ao Villadini. A senhora gostaria de pedir alguma coisa para começar?

— Hum... Agora não, obrigada. Estou esperando uma amiga.

— Pois não, senhora. Fique à vontade. Qualquer coisa é só me chamar. — O garçom seguiu para outra mesa.

Algum tempo depois, ela olhou o relógio. Faltavam três minutos para as nove. Um pouco ansiosa, sem saber se Alessa seria pontual ou não, pegou o celular para checar as mensagens. De cabeça baixa, enquanto olhava a tela do celular, não reparou a aproximação de uma mulher.

— Olá, Olá.

Jandira levantou a cabeça e viu uma mulher com um enorme sorriso.

— Alessa?! — Jandira ficou supressa ao vê-la. Ela não se parecia em nada com a foto cadastrada no perfil do site. Era bem verdade que a foto não podia ser usada como referência. Parecia uma daquelas péssimas fotos de crachá de identificação.

— A própria! — respondeu Alessa.

Ao se levantar da cadeira para abraçá-la, Jandira viu o delicioso número 6.121.157.386. Alessa usava uma inconfundível fragrância almiscarada. Fragrância essa que combinava perfeitamente com o cheiro vindo da pele dela.

— Eu sei, eu sei — disse Alessa preparando-se para se sentar à mesa. — Muita gente não acredita que sou eu quando me permito perder um tempinho na maquiagem. — Franziu a testa levantando os olhos de leve para o lado. — Bom, pelo menos eu acho que estou bem!

— Não. Quero dizer, sim! — disse Jandira ainda atônita com a aparência da Alessa. — Inclusive adorei a produção. É só que... você está bem diferente da sua foto no site. E no muito bom sentido.

— Ufa! — Alessa passou a mão como se tirasse o suor da testa. — Estou começando a amar esse encontro — disse ela rindo. Aquela foto do perfil era a que eu tinha na hora. Além de antiga, está numa qualidade bem questionável, né? — Jandira concordou balançando a cabeça.

Era impossível não notar aquela morena de corpo longilíneo, pele perfeita, cabelos cacheados com um leve brilho avermelhado e olhos de um mel esverdeado tão lindo que hipnotizavam mesmo sem querer. Resumindo, uma mulher que torcia o pescoço dos homens e provocava depressão nas outras mulheres.

— Finalmente estamos cara a cara — disse Jandira.

— Muito bom mesmo, Dira... Posso te chamar de Dira, né? — indagou Alessa.

— Claro. Pra falar a verdade até prefiro — respondeu Jandira. — Com tantos nomes para escolher, meu pai bem que podia ter me dado um mais comum.

— Que besteira — Alessa riu. — Melhor um nome diferente do que um popular sem graça. *Hello!* Esqueceu meu nome? — Alessa apontou para si mesma enquanto mexia seu corpo de forma engraçada. — Acho bem interessante o nome Jandira. Enfim. Você já pediu alguma bebida?

— Ainda não. Estava esperando você chegar.

— Hum... Que tal um vinhozinho pra começar? — perguntou Alessa.

— Por mim, tudo bem.

Alessa olhou a carta de vinhos e chamou o garçom com um suave gesto.

O tempo estava para mudar. Jandira sentiu o cheiro da chuva chegando, mesmo ao longe. Aos poucos, o número 6.121.228 ficava cada vez mais forte na sua visão. Esse delicioso cheiro, além de lhe proporcionar uma sensação de tranquilidade, anunciava um enorme descanso para a mente, pois a chuva limpava o ar diminuindo a quantidade de números visualizados.

— Ainda bem que já estamos aqui. Daqui a pouco deve chover — disse Jandira.

— Sim, eu vi na previsão do tempo; mas agora que você falou, estou começando a sentir um leve cheiro de terra molhada. Já deve estar chovendo por perto. Eu adoro esse cheiro. Me lembra muito a minha infância no interior.

— Eu também gosto muito. Há algum tempo estou vendo o número 6.121.228. E ele está ficando cada vez mais forte.

— Sério, 6.121.228. Que coisa interessante essa sua sinestesia. Seu olfato deve ser bem sensível.

— É, sensível até demais! Pro melhor e pro pior.

— Eu sei bem o que você está dizendo. — Alessa retirou seu protetor auditivo. — Fala alguma coisa, Dira.

— Do tipo? — perguntou Jandira.

— Qualquer coisa. Só pra eu ver a cor da sua voz; sem filtros — respondeu Alessa.

— Hum... Estou feliz de finalmente nos conhecemos e espero... — a mesa ao lado derrubou um talher no chão do deck — que essa noite seja bem divertida.

— Dira. Sua voz tem belos e inocentes tons de lilás. Isso, pra mim, diz que você é bastante sincera. Agora... a forma que a cor vibra ao sair da sua boca, me diz que você é um tanto quanto insegura, ou está insegura. Estou errada?

— Não — disse Jandira, abismada com a capacidade de Alessa. — Sou um pouco insegura, sim. Socialmente, digo. Mas eu não imaginava que você conseguia ler uma pessoa só pela fala?

— Vamos lá. Sim e não. Eu tento. Também depois de anos e anos, acabei associando certas cores, tons e padrões, a certas características de personalidade. Em geral, consigo distinguir bem as personalidades de cada um — disse Alessa —, mas nem sempre acerto.

— Nossa! Isso deve te ajudar muito a lidar com as pessoas.

— Não vou negar que ajuda sim. Mas essa é a parte boa dessa minha sinestesia. No restante do tempo, assim como você, sou bombardeada por todos os lados, simultaneamente. Talvez você não tenha se atentado que enquanto você falava, o talher da mesa aqui ao lado caiu — apontou para a mesa **à** sua direta.

— Ahã. Sim, percebi — disse Jandira.

— Pois é! Só te irritou um pouco, né? Comigo já é diferente. Aquele som metálico estridente, manchou a minha visão, do lado direito, com uma cor verde ácida. — Alessa começou a rir ao se lembrar de um acontecimento. — Pra você ter uma ideia, algum tempo atrás no interior de uma loja de produtos pra casa, uma prateleira com baixelas inox caiu no chão. Sem os meus protetores auditivos, o grande e prolongado barulho me fez ver sucessivas e intensas ondas de cor. Na hora fiquei tão tonta que fui ao chão. Bem, agora eu conto rindo, mas na época, nossa... A toda hora, em todos os lugares, existem sons perturbando a minha visão. As pessoas não ligam, abstraem. Infelizmente, eu não consigo.

Mal Alessa terminou a frase, e a chuva começou a cair. O barulho no toldo do deck era intenso. Jandira não se incomodou; gostava do som, porém imaginou como deveria ser perturbador para Alessa.

Sem perder tempo, Alessa colocou os protetores de volta no ouvido.

Quanto mais conversavam, mais a noite ficava interessante. Especialmente por causa das histórias envolvendo as suas sinestesias. Era fascinante a forma que elas percebiam o mundo. Jandira adorou a conversa. A fez perceber o quanto as pessoas ficavam atraídas por essa capacidade impossível de se imaginar.

Sem se darem conta, a garrafa de vinho acabou sem que elas sequer tivessem olhado cardápio.

Alessa chamou novamente o garçom.

— Por favor, você poderia nos trazer mais uma? — Alessa apontou para a garrafa de vinho.

— Alessa, se você não se incomodar, eu preferia pedir logo alguma coisa pra comer. Não estou acostumada a beber. Principalmente com o estômago vazio. A última coisa que eu quero é pagar mico.

—-Você está certíssima. Nós já vamos pedir, também — disse Alessa ao garçom, que esperou ao lado da mesa, caso precisassem de alguma ajuda. Enquanto olhavam, Alessa disse bem baixinho: — Confesso que hoje eu queria ficar assim... um pouco altinha, sabe? Mas sem pagar mico. Lógico. — As duas riram sem tirar os olhos do menu.

Não foi difícil escolher. O Villadini possuía poucas opções em seu cardápio. Ainda assim, ano após ano, o restaurante era considerado um dos melhores da cidade. Todos os pratos eram saborosos e preparados com grande capricho. Alessa pediu lagostins grelhados com purê de batata da casa servido com ervas frescas, e Jandira, um filé mignon com molho de *champignons* silvestres.

Em menos de meia hora, seus pratos chegaram. Elas nem sabiam dizer qual deles tinha a apresentação mais bonita. Pareciam obras de arte. E a comida... Inimaginavelmente saborosa.

Comeram, beberam e conversaram. As horas foram passando. Quando as sobremesas chegaram, Alessa perguntou:

— Me diz, com quantas pessoas do blog você está interagindo?

— Hum... Excluindo você... Umas quatro ou cinco pessoas, com mais frequência. Você é a primeira que eu marco um encontro.

— Sério?! Que honra — disse Alessa. — Não me leve a mal, mas você se isola muito. Até quando você conta as suas histórias, você tá sempre sozinha. Por que você não tenta mudar isso?

— Você tem razão, mas não é assim tão fácil...

— Eu sei — Alessa a interrompeu e continuou com o raciocínio. — Sabe por que eu te digo isso? Seu site está cheio de pessoas bacanas. Pessoas interessantes. Por que você não tira proveito desse canal e dá a volta nessa situação? Derruba essa barreira, menina! Você é bonita, inteligente. E a vida não é só estudo e trabalho.

— E você acha que eu não sei? Tenho que mudar, urgente. Sei disso. Mas é difícil pra mim, Alessa. Pra você, interagir com as pessoas é natural. Você é extrovertida.

— Imagino que não seja fácil quando se é tímida. Me corrija se eu estiver errada, mas você parece não confiar nas pessoas. Acho que isso pesa mais do que a sua timidez. Por mais incrível que possa parecer, eu também era tímida. Pensa o seguinte: só o fato de estarmos aqui hoje, já mostra que quando você se permite, coisas boas podem acontecer. O primeiro passo você já deu, não deu?

— É, você tem razão.

— Mudando de A pra J, você já conversou com uma menina chamada... — Alessa fez uma pausa tentando puxar da sua memória o nome — Laura!

— Laura, Laura... Do meu site? — perguntou Jandira. Alessa balançou a cabeça dizendo que sim. — Não tô me lembrando de ninguém com esse nome.

— Ela possui uma sinestesia bem particular; tato com o paladar.

— Ah... Acho que eu sei de quem você está falando — respondeu Jandira com desdenho.

— Algum problema? — perguntou Alessa ao ver a expressão e a cor da voz que Jandira emitiu.

— Não. Nada. Só não tive uma boa impressão dela. Pra falar a verdade, nem lembro direito o motivo.

— Bom... Eu conversei com ela, em uma ou duas ocasiões por vídeo, e tive uma ótima impressão. E isso inclusive pela cor da voz dela. Achei-a muito inteligente, trabalhadora, personalidade forte, extremamente segura de si. Um pouco mordaz em suas colocações, é verdade, mas me pareceu uma pessoa interessante.

— Ela parece ser bem diferente de mim.

— Diferente? Inteligente e trabalhadora você também é, certo? E desde quando ser diferente — Alessa fez aspas com os dedos no ar — é uma coisa ruim. Você, por exemplo, é diferente de 99% da população por causa da sua sinestesia. Nem por isso você deixa de ser uma pessoa incrível. — Alessa tomou mais um gole de vinho. — Além do mais, tem uma questão geográfica importante. Laura mora aqui na cidade, acho que é sua vizinha de bairro.

— Nem prestei atenção onde ela morava. Vou pensar nessa possibilidade. Conforme for, da próxima vez, a gente a chama.

— Pensa com carinho. Quem sabe a gente não forma um trio bacana — disse Alessa.

Por volta da uma e quinze da madrugada, depois de muitas taças de vinho, elas decidiram encerrar a noite. Estavam felizes e... de pilequinho. Alessa chamou um táxi pelo celular e foi para casa. Jandira decidiu voltar andando. Não era assim tão longe e um pouco de exercício não a faria mal. Achou que subindo a ladeira até a sua casa, ajudaria a gastar um pouco das taças de vinho. Doce ilusão. Ao se deitar, teve a nítida sensação de ser jogada de um lado para outro, como se ela estivesse sobre uma pequena prancha de madeira em alto-mar.

QUEM É MESMO ESSA LAURA?

No dia seguinte, às duas horas da tarde, Jandira, de óculos escuros, fazia a sua primeira refeição do dia em um tranquilo café, duas esquinas abaixo de casa. Além do café e *waffles*, pediu uma garrafa de água de coco. Seu cérebro carecia de muita hidratação e para o seu sossego olfativo nada melhor que o forte cheiro de café preto para mascarar os cheiros cotidianos.

A noite tinha superado todas as suas expectativas. Jandira adorou conhecer Alessa, contudo, fazendo uma rápida análise, elas realmente não eram assim tão parecidas. Tirando o fato de serem legais — sim, apesar da timidez Jandira se considerava uma pessoa legal —, inteligentes e sinestésicas, suas semelhanças terminavam aí. Alessa era extrovertida, segura de si e se arriscava para conseguir o que queria e, segundo ela, Laura também era inteligente, divertida e sinestésica. Então, por que o incomodo com Laura?

Sobre a bancada do café, perto painel de vidro da fachada, abriu seu *notebook* e começou a operação: "Quem é mesmo essa Laura?" Enquanto o sistema abria o navegador, esforçou-se para lembrar o que lhe causava aquela sensação de desconforto.

Jandira acessou o *Percepções Cruzadas*. Pela ficha cadastral, Laura Wangsdóttir era uma mulher sinestésica de 35 anos, solteira, formada em química. Sua sinestesia, também de sentido único, envolvia o tato com o paladar.

Pesquisando pelo código de usuária, verificou que boa parte das interações no site estava no fórum. Laura não era uma usuária muita assídua. Pouco escrevia. Porém, relendo seus comentários, lembrou-se do porquê, com ela, não simpatizava. Sua impaciência com as ideias e convicções dos outros usuários era implacável. Quando não concordava com algo dito, rebatia com sarcasmo e rispidez; às vezes, muito próximo de cruzar a linha do desrespeito.

Não acreditava em nada além do material. Ateia convicta, criticava duramente qualquer pessoa que possuísse algum tipo de espiritualidade. Questionava, de forma inteligente, pela comprovação científica do que era dito. No seu frio ponto de vista, a vida não passava de um breve momento no nada. Uma simples reunião de elementos químicos que se desfaziam quando a vida acabava. Talvez, mais do que seu comportamento, sua convicção na não existência de uma continuação do ser após a morte fosse o real motivo pelo incômodo de Jandira.

Em uma rápida busca, conseguiu obter mais informações sobre ela. Porém, basicamente, todas se referiam à vida profissional. Numa rede social de negócios, as recomendações a mostravam como uma profissional séria, dedicada à pesquisa e ao desenvolvimento de novas drogas. Seu currículo também confirmava a sua capacidade. Apesar da pouca idade, Laura já trabalhava como pesquisadora chefe na Laedys, uma grande empresa farmacêutica do país.

Interessante foi descobrir, através de uma busca por reconhecimento facial, um perfil restrito com o pseudônimo Lao Wang numa rede social de relacionamentos. Embora comum se ter mais de um perfil na rede, a identificação por meio de uma abreviação atiçou a curiosidade de Jandira.

Em alguns minutos, ela burlou o sistema e acessou as informações. E logo se surpreendeu com a frase escrita abaixo da foto de capa a qual, na cabeça da Jandira, não combinava com o perfil de uma pesquisadora respeitada.

"Quero sentir o seu gosto na ponta dos meus dedos."

Dúbia frase, o que parecia ser um convite a uma aventura sexual, na verdade, expunha com discrição sua forma incomum e notável de sentir o mundo.

Olhando o material do perfil, constatou ser Lao Wang o lado B de Laura. Uma mulher menos séria, por vezes irresponsável. Que curtia a vida do seu jeito; sem limites ou pudores. Popular, sempre rodeada de pessoas, não se importava em seguir nenhuma convenção social. A degustação tátil parecia ser o que movia o seu desejo; fosse essa em meninos ou meninas.

Talvez despercebida pela maioria, em algumas fotos, usava uma espécie de dedeira de silicone transparente, fosca, com uma fina tira contornando as unhas. Eram bem discretas, difíceis de serem vistas. Isso indicava que, assim como Jandira e Alessa, Laura também se utilizava de artifícios para aliviar os efeitos da sua sinestesia.

A despeito de seu comportamento no site, quanto mais sondava sobre Laura, mais aumentava a insólita vontade de conhecê-la. Somente saindo da zona de conforto conseguiria aumentar suas habilidades sociais. A partir daquele momento, entendeu que, para fazer uma real mudança, não se tratava mais de encontrar pessoas com comportamentos e interesses em comum. Era importante abrir a cabeça; interagir com os mais variados tipos de pessoas.

Talvez o jantar com Alessa tenha sido o pontapé para essa virada. Sem perder tempo, enviou-lhe uma mensagem pedindo que entrasse em contato com Laura e a convidasse para uma reunião, no próximo final de semana, em sua casa.

Pouco tempo depois, Alessa respondeu:

Feliz com a sua decisão.

Depois te mando confirmação se ela poderá no próximo final de semana.

Beijo.

TERCEIRO MOVIMENTO

A PRIMEIRA REUNIÃO

Após alguns telefonemas para acertar as agendas, a reunião acabou marcada para dois finais de semana depois.

Pontualmente às nove horas da noite o interfone tocou. Era Alessa. Elegante como sempre, Alessa desceu do elevador carregando três sacolas de compras.

— Que isso, Alessa. É pro nosso encontro ou tá de mudança? — brincou Jandira.

— Isso? — Alessa levantou as sacolas. — Isso aqui é só pra esquentar. O pessoal da entrega já tá trazendo o resto — disse ela rindo.

— Cruz! Perdeu o juízo? — perguntou Jandira rindo enquanto a cumprimentava. — Deixa eu te ajudar. — Pegou uma bolsa da mão da Alessa e a convidou para entrar. — Entra, Alê. Seja bem-vinda.

Foram direto para cozinha arrumar as compras. Alessa levou queijinhos e outros frios, além, é claro, de três garrafas de vinho tinto. Guardaram boa parte da comida na geladeira, pois Jandira já havia preparado uma travessa com pães e pastas.

— Me ajuda a levar essa travessa pra sala? — pediu Jandira.

— Claro! — Alessa pegou a travessa e foram em direção a sala. — Onde eu coloco?

— Hum... Acho melhor colocar na mesinha de centro. Assim a gente fica mais à vontade sem ter que levantar para ir à mesa.

Jandira ajeitou a travessa, guardanapos, pazinhas na mesa de centro.

— Dira. Que sala linda! — comentou Alessa. — Não se faz mais apartamentos assim. As molduras nas paredes, o trabalho das sancas... — Alessa suspirou. — Magnífico.

— Obrigada. Quer conhecer o resto do apartamento?

— Óbvio! — Alessa levantou o dedo e acrescentou: — Mas, antes, vamos abrir um vinhozinho. Temos que comemorar esse novo encontro.

— Não quer esperar a Laura chegar? — indagou Jandira.

— Isso é só uma desculpa, boba. Vamos beber que eu estou seca! — respondeu Alessa, rindo.

Depois de servir o vinho e aproveitando já estarem na cozinha, Jandira começou a mostrar o apartamento pela **área** de serviço. Na sala, além da magnífica vista da cidade, Jandira fez questão de explicar as mudanças feitas na decoração para deixar o ambiente um pouco mais atual. Ela gostava da decoração feita pela avó, mas precisava dar ao local um toque pessoal.

Em cada cômodo salientava as alterações feitas até que chegaram ao escritório. Nele, Jandira ficou calada. O ambiente falava por si só. Tanta história, tanta cultura. Como era de se esperar, assim que a porta se abriu, Alessa ficou sem palavras. Com o queixo caído, olhava os livros, as fotos, os objetos exóticos trazidos por Edna em suas explorações pelo mundo. Tudo naquele cômodo era de tirar o fôlego.

— Não sei te explicar, mas eu tinha certeza que você ia adorar esse escritório. — Alessa, hipnotizada, parecia estar em outro mundo. — Da casa, esse foi o único lugar que não fiz nenhuma alteração.

Alessa saiu do transe.

— Nem deve! Meu Deus! — Admirada, Alessa levantou os braços correndo os olhos de um lado para o outro. — Esse escritório parece coisa de cinema. É mágico. E essas peças... Você sabe de onde elas são?

— Nem todas. São muitas peças. Vários locais e civilizações diferentes. Uso a pesquisa por imagens, na internet. O problema é que a maioria é bem difícil de achar.

— Sua avó devia ser uma mulher fascinante. Imagino as histórias que ela contava...

O interfone tocou na cozinha.

Jandira se sentiu aliviada com a chegada de Laura. Não queria falar sobre sua avó ou sua família. Muito menos do pouco contato que tiveram. Conhecendo-se, sabia que acabaria inventando uma história mirabolante. Nunca foi boa em mentir, principalmente de improviso. Seu corpo e voz sempre a entregavam.

Quase como um *déjà-vu*, Laura chegou à porta com sacolas de compras nas mãos.

— Oi. Boa noite. Você deve ser a famosa Jandira, certo? — perguntou Laura.

— Obrigada pela famosa — respondeu Jandira. — Seja bem-vinda. Deixa eu te ajudar!? — Pegou as sacolas das mãos de Laura. — Por favor, entre. Fique à vontade.

— Obrigada. Cheguei um pouco atrasada por causa dos meus primos *Merlot* e *Cabernet* — disse ela apontando para as sacolas.

— Ah! Eu conheço seus primos! — brincou Alessa.

Enquanto Alessa falava com Laura, Jandira, de dentro da cozinha, perguntou:

— Laura, nós estamos tomando vinho. Você quer nos acompanhar ou prefere começar com outra bebida?

— Acompanho sim, Jandira. Muito obrigada.

Jandira ficou surpresa com o jeito comum e simples de Laura. Nem de longe parecia a mesma pessoa arrogante do site ou das redes sociais. Alguns segundos não eram suficientes para se analisar uma pessoa, mas pelos números sentidos, por baixo do seu perfume, passavam a ela uma boa impressão.

Ao se aproximar para entregar a taça de vinho, reparou que Laura segurava o braço de Alessa. Um contato casual e bem comum, se sua sinestesia não estivesse relacionada com o contato. Discretamente, olhou para os dedos de Laura a procura das dedeiras, mas Laura não as estava usando.

— Obrigada, Jandira — Laura pegou a taça. — Eu estava acabando de comentar como sua sala é linda!

Alessa comentava tanto sobre o apartamento que Jandira convidou Laura para conhecer o resto da casa. Nem tinha pensado em mostrar a casa para ela, mas ficou sem graça de não o fazer. Ao fim do *tour*, mesmo não parecendo ser o seu estilo, Laura teceu elogios enquanto caminhava de volta à sala.

Na sala, Jandira se encaminhou para o sofá em frente à mesa de centro. Alessa sentou-se ao seu lado, no sofá, e Laura acomodou-se em uma das poltronas.

— Para tudo! — disse Laura levantando-se. — Eu consigo ver o meu apartamento daqui.

— Sério? — Jandira também se levantou para ver qual era o prédio.

— Tá vendo aquele prédio com grandes painéis de vidro esverdeado? — Laura apontou para um prédio no bairro vizinho. — O meu apartamento é aquele com as plantas na varanda; nono andar.

Nos últimos anos, o bairro de Caron, onde Laura morava, passava por grandes transformações. Pouco a pouco, as antigas construções do bairro foram dando lugar a prédios modernos de arquitetura arrojada. Com a revitalização, Caron virou um dos bairros mais badalados da cidade para se estar. De uso misto, residencial e comercial, suas ruas ferviam até altas horas da madrugada.

— Então nós somos vizinhas de bairro e de vista — disse Jandira.

— Exato. Podemos até piscar as luzes em código Morse pra fofocar — brincou Laura.

— Ah! Que lindo. As meninas vão conversar em código — Alessa ironizou.

— Parece aquele filme... "Janela Indiscreta". Você assistiu esse filme? — perguntou Jandira a Laura, que sorriu sacodindo a cabeça para confirmar que se lembrava do filme.

— É, verdade. Mas Jandira, você vai precisar de um binóculo bem mais potente que o do James Stewart — disse Alessa.

— Hum! Agora que você mencionou isso... Vou passar a fechar as cortinas quando eu estiver acompanhada — disse Laura fingindo esconder que apontava para Jandira. Alessa baixou a cabeça colocando a mão sobre os olhos.

— Ah! Deixem de ser ridículas — respondeu Jandira em tom de brincadeira, mas no fundo, um pouco chateada com o comentário. — Tenho mais o que fazer da minha vida. — Ela esperou que as duas parassem com as risadinhas. — Desde que eu mudei pra esse apartamento, sempre que chego à sacada, meus olhos são atraídos pro seu prédio. Acho ele visualmente interessante.

— Eu o acho sensual. Apaixonei-me assim que o vi pela primeira vez — disse Laura.

— Ele é realmente bonito. E até pode ser um ótimo prédio pra se morar. Mas pra mim o problema seria o local. O barulho das ruas do teu bairro, dia e noite, são infernais. Não aguentaria nem um mês — disse Alessa.

— Você tem razão. O barulho é um problema. E olha que moro em andar alto — respondeu Laura, se esticando para pegar uns queijinhos da mesa. A conversa sobre os bairros continuou até que Laura perguntou: — Desculpe a minha indiscrição, mas eu tô doida pra saber o porquê daquele quadro com números na parede — Laura apontou com a cabeça para o quadro, na parede oposta ao sofá.

Jandira sorriu sem graça e disse:

— É para desodorizar o ambiente.

Laura ficou em silêncio.

— Pena que só sirva pra você, né!? — Alessa murmurou.

Laura olhou para as duas sem entender a resposta.

— Desodorizar?

— Que foi, Laura? Tá variando. Eu te falei sobre a sinestesia da Dira.

— Putz! Desculpa — Laura levou a mão à testa se lembrando da conversa com Alessa. — A Alessa comentou sobre a sua sinestesia. É olfato com visão, certo?!

— Sim. Mas no meu caso, essa visão é exclusivamente de números. Cada cheiro corresponde a um número que pode variar de dois dígitos a... sei lá... Centenas. Boa parte deles são tão grandes que nem chamo de número. Digo sequências numerais. Diferente da Alessa, a minha sinestesia é em sentido duplo. Ao sentir cheiros, vejo números e vice-versa — disse Jandira.

— Caramba! Seu olfato deve ser muito apurado... Digo, você vê números a toda hora? — perguntou Laura.

— Sim! O tempo todo. Até quando sonho.

— Isso deve ser perturbador — disse Laura.

— No passado me perturbou bastante. Mas hoje, toda a vez que me sinto assoberbada, uso uns truques que aprendi na época do colégio — respondeu Jandira.

— Vocês cortaram um dobrado com as suas sinestesias?! — indagou Laura.

— Cortaram não... Ainda corto e muito — respondeu Alessa. — Pra mim, dependendo da quantidade e da intensidade, ainda fico tonta. Perco literalmente o equilíbrio. Em várias ocasiões, chego a perder a visão com a invasão de cores.

— Gente. Tô até sem graça de falar, mas a minha sinestesia não me criou nenhum grande problema. Se eu tive um, se é que eu posso chamar assim, foi entender o que acontecia comigo — relatou Laura.

— Entender foi difícil para nós também — disse Alessa.

— Imagino. Não é uma coisa fácil pra ninguém — disse Laura. — Meu cruzamento começou muito cedo. Acho que eu tinha uns seis ou sete anos. Era estranhíssimo. Sentia como se eu tivesse línguas ao invés de dedos.

— Ui! Que visão bizarra! — disse Jandira. — Desculpe, Laura. É que eu imaginei como seriam.

— Pois é, Jandira — Laura riu. — Hoje, acho tudo engraçado. Sabe aqueles estalinhos irritantes que os idosos fazem ao abrir a boca, mexendo com a língua? Era eu quando pequena. Salivava com o gosto de tudo que eu tocava. Foi duro controlar esse comportamento, mas consegui com a ajuda da minha mãe. Na infância, soube que era sinestésica, porém ninguém conseguia explicar como isso era possível. Como as pontas dos meus dedos tinham essa capacidade. Busquei por muito tempo uma resposta. Só no início da minha faculdade, quando desisti de tentar entender e me aceitei, minha vida girou 180 graus. Com a cabeça livre para explorar as possibilidades, percebi o dom que eu tinha nas mãos, literalmente. Não posso negar que isso me ajuda de várias formas. De certa maneira, consigo até pelo toque sentir como a pessoa é.

Alessa se mexeu com inquietude no sofá. Jandira notou a mudança do seu odor corporal. Por um momento, pensou que Alessa estivesse assustada, mas não viu espanto no seu rosto. Raciocinando, aquilo não podia assustá-la. Alessa também tinha essa capacidade de ler as pessoas. A única diferença é que ela as lia pela voz. De uma forma geral, todas as pessoas leem uns aos outros pelos detalhes e atitudes. Mas quem não se incomodaria de ter sua personalidade invadida com um simples toque?

— E qual o seu veredicto quanto a mim? — questionou Alessa.

— Veredicto?

— Vamos lá, Laura. Você nos tocou — disse Alessa em tom jocoso.

— Que besteira, Alessa. Eu não saio por aí investigando as pessoas. Vim aqui pra conhecer vocês e me divertir — respondeu Laura sem graça.

— É só uma pergunta. Como você acha que nós somos? — insistiu Alessa.

— Bobeira! Mas se você insiste... Apesar desse comportamento demonstrar uma insegurança boba, você é uma mulher muito determinada. Imagino que lute bastante para alcançar seus objetivos. — Laura levantou as sobrancelhas. — É muito segura de si e extremamente focada.

— Só isso? — retrucou Alessa, sorrindo de forma travessa. — Isso vocês e o mundo já sabem. — Recostou no sofá como se não visse nada de excepcional na sua leitura. — Ainda bem que você não viu os meus defeitos — disse Alessa, piscando em tom de brincadeira.

— Você percebeu tudo isso só com um toque? — perguntou Jandira.

— Lógico que não — respondeu Laura. — Já conversei com a Alessa em outra ocasião.

— "*Excuse moi*" Eu também estou na sala — disse Jandira se sentindo excluída.

— Tadinha da Jandira — zoou Laura. — Seu gosto é de uma pessoa verdadeira, inteligente e... insegura. Mas essa última parte não foi pelo seu gosto. Foi pelo seu comportamento.

— Nossa! Definitivamente, sou muito transparente — respondeu Jandira.

— Quantos anos você tem Jandira? — perguntou Laura.

— Vinte e sete.

— Uma coisa que me ajudou muito na minha adolescência foi minha mãe me levar pra fazer análise. Acho que a minha busca em me entender me deixou durante um certo tempo insegura também. Sem querer me intrometer na sua vida... Você já fez algum tipo de terapia?

— Já pensei nisso, mas... — Jandira falou sem convicção. — Meu problema, hoje, é arranjar tempo.

— Eu não acredito em análise, mas tempo pra essas coisas se arruma quando se quer — disse Alessa.

Laura não insistiu no assunto. Apenas levantou os ombros, meio que dizendo "É verdade".

— Aproveitando que você falou em falta de tempo, me diz, qual foi a sua motivação para criar o site? — perguntou Laura.

— Na verdade, foram dois desejos. O principal era criar um canal que ajudasse sinestésicos, como eu, a lidar com as dificuldades através do compartilhamento das suas experiências.

— Muito legal, você ter pensado no coletivo. Nossa! Bato palmas pra você, Jandira — disse Laura. — Pelo seu tom, a puberdade não deve ter sido fácil. — Jandira concordou com a cabeça levemente abaixada. Sentindo que se a conversa continuasse nesse caminho o papo ficaria pesado, Laura mudou o tom.

— Viu, já estamos quase fazendo uma terapia em grupo.

— É — disse Jandira com um tímido sorriso.

— E qual foi o outro? — perguntou Laura.

— Bom... o outro não é assim tão nobre. Eu sempre me isolei muito; por diversos motivos. Queria quebrar a rotina de casa, trabalho e estudo. Então acabei pensando no site como uma forma de conhecer pessoas que me entendessem, pra quem sabe, fazer amizades.

— Sinceramente, não vejo nenhum problema nisso. Muito pelo contrário — disse Alessa.

— Concordo com a Alessa. Se você criou o site para ajudar os sinestésicos, por que não ajudar a si mesma no processo? Um pouco de egoísmo não faz mal a ninguém.

— Isso aqui, já é um belo começo — disse Alessa olhando para Laura. — Se depender de nós, sua vida vai mudar — sorriu. — Só te peço pra diminuir o ritmo de trabalho e de estudos. Permita-se ter uma vida social.

— O trabalho, você sabe, não tem como — respondeu Jandira.

— E os estudos? Vai continuar emendando um curso no outro? — perguntou Alessa.

Jandira não respondeu. Apenas levantou a sobrancelha.

Sem saber do que se tratava, Laura perguntou:

— Você está fazendo algum curso de especialização?

— Tenho visto outros cursos que quero fazer, mas no momento tenho me debruçado na leitura de artigos; de um grupo de doutores em inteligência artificial, com um enfoque bem *sui generis*. Eles estudam a evolução da inteligência artificial e se um dia; essa inteligência poderia responder questões que estão acima da capacidade humana.

— Do tipo? — perguntou Laura sem entender muito bem, mas curiosa.

— Se, por exemplo, essa inteligência poderia comprovar a continuidade do ser.

— Alma!? — Laura gesticulou levantando as mãos. — Tem certeza de que esse grupo é sério? Isso me parece mais um ato de desespero, uma tentativa de dar razão aos seus conceitos religiosos do que qualquer outra coisa. Nossa! Tantos assuntos e questões mais importantes para o ser humano. Que perda de tempo.

— Esquece. Sei que você não gosta dessas discussões.

— Engano seu, Jandira. Não sou uma pessoa radical com nada. — Ela fez uma pausa e, antes que uma das duas começasse a falar, continuou: — Você deve estar se referindo aos meus comentários no seu site, né? — Jandira respondeu que sim, balançando a cabeça. — Exagerei um pouco em certas respostas, admito. Mas se for pra debater, seriamente, quero fatos; comprovações científicas. Só isso.

— Nem tudo é preto no branco — disse Alessa.

— Eu sei disso; mas não responda numa discussão que é assim, aceite. Pra mim é a mesma coisa que não dizer nada — respondeu Laura. — Pra falar a verdade, Jandira, nem sei por que você permitiu esse tipo de debate no seu site.

— Muitas pessoas têm realidades diferentes. Lidam com as coisas de forma diferente. Alguns ao experimentar situações que não conseguem compreender, acabam buscando caminhos alternativos para aliviar as suas angústias. Como eu disse, o site é para ajudar, por que eu proibiria? Quero entender, conhecer essas pessoas que passaram ou passam por situações fora do que é chamado de normal. Mesmo eu sendo agnóstica, confesso, gostaria de uma comprovação de continuação, seja lá de que forma fosse, para a vida. Não consigo condená-las por isso. Se isso lhes dá conforto. Enfim... vamos mudar de assunto. A última coisa que eu quero é uma discussão. Não quero ninguém chateada — disse Jandira um pouco descontente com o posicionamento de Laura.

— Chateada, por quê? Nem um pouco. É que esse assunto, realmente, me tira do sério. Fico boba como pessoas inteligentes, que têm uma educação séria, científica, acreditam nessas fantasias religiosas sem nenhuma comprovação.

— Ah, Laura. *Peraí.* Eu sou cristã e você sabe disso — disse Alessa claramente aborrecida. — Deixe as pessoas acreditarem no que elas quiserem. Não diga que são fantasias.

— Mas são, Alessa.

— Ok. Esse é o seu ponto de vista — Alessa levantou-se do sofá. — Pelo menos, tenha respeito com a crença alheia. — Sem olhar para trás, Alessa andou em direção a cozinha.

— Tá vendo!? Não tem como argumentar — disse Laura a Jandira. — Independente de tudo, meu problema é com esse tipo de atitude.

RACIOCINANDO QUIMICAMENTE

Alessa voltou da cozinha com uma garrafa de vinho. Aproximou-se da mesa de centro e, antes de servi-lo, quebrou o silêncio:

— Dira, qual é mesmo o número que você vê no vinho?

— É... 61.361.281.

— Então vamos curtir a noite e beber bastante 61... 3 e tal — disse Alessa enchendo as taças. — Laura, desculpe a minha reação. Bandeira branca, ok?

Laura permaneceu calada. Nitidamente não a escutara. Só seus dedos da mão direita se mexiam sobre o braço da poltrona. Com o olhar fixo no quadro da parede, o pensamento voava longe.

Sem entender, Alessa olhou para Jandira e, em silêncio, perguntou o que ela estava fazendo.

— Laura — Jandira chamou-a, mas ela não esboçou nenhuma reação. — Ei! Terra chamando. O que foi que aconteceu? — perguntou Jandira em tom de voz mais alto.

— Hã? — Laura olhou para Jandira como se estivesse perdida. — Desculpa, Jandira. Eu tava raciocinando uma... Qual foi mesmo a sua pergunta?

— Quem te perguntou foi a Alessa.

— Foi mal, Alessa. Repete a pergunta? — pediu Laura sem graça.

— Deixa pra lá. O que houve com você? — perguntou Alessa sem entender o que estava acontecendo.

— Nada. Viajei por um instante numa associação meio doida... Mas... se for verdade, vocês vão ficar tão assustadas quanto eu. — Laura voltou-se para Jandira. — Me diz uma coisa: quando você sente o cheiro do vinho, você vê o número 613, 612, 81, certo?

— Sim e não. Esse não é o número completo do vinho. É só uma pequena parte de uma longa sequência de dígitos. Falo assim pra simplificar, já que identifiquei esse segmento em outras bebidas alcoólicas. Bom... Pelo menos as que eu já senti o cheiro. Os vinhos têm outra parte mais específica a 61.411.283. Pra você entender melhor, cada tipo de vinho, cada marca, tem sua própria sequência. Não existe uma igual a outra. Porém, todas possuem vários segmentos em comum.

— Então podemos dizer que esse segmento se refere ao álcool? Já que você o vê em outras bebidas alcoólicas.

— Hum... Pode ser. Mas... dessa forma, eu estaria vendo... Não?! — Jandira se assusta.

— Entendeu? Por mais bizarro que possa parecer, a tua sinestesia te faz ver a fórmula molecular dos elementos químicos numa composição — respondeu Laura maravilhada.

— Opa! Dá pra repetir com legenda? — pediu Alessa, sem conseguir acreditar no que Laura acabara de falar.

— Vamos lá. Na verdade, fica mais fácil entender se você lê esse número da seguinte forma: 613, 612 e 81, onde 6 é o número atômico do Carbono, 1 do hidrogênio, 3 é a quantidade de hidrogênios ligados a esse carbono e assim por diante. Dessa forma, temos a fórmula do álcool etílico CH_3CH_2OH.

Alessa ficou em silêncio tentando processar como aquilo seria possível.

— É inacreditável, mas a Jandira consegue sentir cheiro de cada elemento químico pela sua sinestesia — disse Laura maravilhada.

Jandira ficou atônita. Nem conseguia pensar. Em choque. Já era difícil de compreender o nível de sinestesia que ela tinha. Agora, descobrir que ela podia sentir elemento por elemento, e as quantidades de cada um, passava dos limites imagináveis. Por outro lado, isso lhe explicava, perfeitamente, porque produtos similares tinham partes iguais em suas sequências. Era difícil de acreditar, mas fazia todo sentido.

Jandira foi uma excelente aluna no colégio. Dedicava-se com seriedade a todas as matérias. Embora química não fosse a matéria preferida, sentia atração por esse universo minúsculo e invisível. Talvez por uma vontade de compreender o que acontecia em seu cérebro. No entanto, nunca teve interesse em decorar os elementos da tabela periódica. Muito menos seus números atômicos.

— Isso é estapafúrdio. Talvez uma estranha coincidência — disse Alessa ainda num misto de ceticismo e credulidade buscando mais uma prova.

— Coincidência? Eu acho mais provável você acertar na loteria várias vezes seguidas do que isso acontecer. Mas vamos assumir que isso realmente seja uma coincidência, ok? Jandira, qual é o aroma que você sente ao olhar para aquele quadro? — Laura apontou para o quadro com os números 6101188 e 61212082 na parede da sala.

— Lavanda.

Laura pegou o celular e se sentou no sofá, entre Jandira e Alessa.

— Esse aplicativo é quase... uma bíblia para os químicos — disse Laura com sarcasmo. — Tem tudo.

Murmurando, Laura consultou as substâncias que conferiam a fragrância da lavanda, achando o linalol e o acetato de linalila. Com o nome das duas substâncias, em questão de segundos Laura chegou até as fórmulas moleculares: $C_{10}H_{18}O$ e $C_{12}H_{20}O_2$.

— Eureca! — comemorou Laura. — Não existe nenhuma coincidência.

Alessa já vira algumas coisas bem esquisitas em sua vida, mas aquela, definitivamente, era a mais esquisita de todas. Impressionada, caminhou até o quadro com os números da lavanda.

— Ok! Então é isso — disse Jandira atordoada. — Mas... e agora?

— Agora nada. A única diferença é que você sabe de onde vêm esses números doidos. Tá feliz? — perguntou Laura.

— Sendo bem sincera; não sei o que dizer. Não entendo como isso é fisicamente possível. — No fundo, a estranha sensação de ser uma aberração voltara a sua mente.

— Agora você deve começar a pensar como tirar proveito dessa sua habilidade — disse Alessa.

— Caramba! Que pressão, Alessa. Isso, ela vê isso depois, no tempo dela. Deixe-a digerir a novidade. Com o tempo ela vai saber o que fazer — respondeu Laura visivelmente incomodada com a reação da amiga. — Vamos curtir a noite e... a novidade.

— Você tá certa. Nessas horas, é que eu vejo o quanto me sinto desconfortável com a minha sinestesia. Sei que essa descoberta não é um problema. Muito pelo contrário, acho curioso, interessante. Legal até. Mas não consigo deixar de me sentir um ser de outro mundo.

— Agora sou eu quem está se sentindo mal. Você tem razão, Laura — Alessa voltou ao sofá e sentou-se bem perto de Jandira. — Comecei a colocar pressão à toa na sua cabeça. É que... é tão incrível, que nem parei pra pensar como você estava se sentindo.

— Que isso, Alessa. Sei que não foi por mal — respondeu Jandira.

Alessa projetou seu corpo para frente.

— Já sei! Que tal uma quiche quentinha de queijo com alho-poró?

— Hum, tô dentro! — respondeu Laura.

— Eu também topo. Quer ajuda? — perguntou Jandira.

— Besteira. É rapidinho. Esquento e corto uns acompanhamentos pra gente comer. Vou ligar o seu forninho, tá?

— Claro! Fica à vontade.

Enquanto Alessa estava na cozinha, Jandira e Laura continuaram a conversar.

— Laura, eu posso te perguntar uma coisa? Na verdade, é favor, se você puder, é claro! — Laura assentiu e Jandira continuou falando. — Quando eu vim para esse apartamento, aconteceu uma coisa estranha. No dia que eu entrei aqui, com a mudança, vi um número com uma gigantesca quantidade de dígitos. Isso não seria nada demais se, por alguns minutos, eu não tivesse perdido o meu olfato. Só esse número permaneceu na minha visão. Não sentia nem via nenhum outro.

— Nenhum outro cheiro? — estranhou Laura. — Curioso isso. Os números estão associados aos cheiros que você sente, certo?

— Exato. Nunca vi um número sem um cheiro.

— E como eu posso te ajudar?

— Você poderia me ajudar a descobrir a que composto esse número se refere?

— Lógico que eu posso. Ainda mais agora que você atiçou a minha curiosidade. Você tem essa sequência anotada? — Jandira confirmou e levou a amiga para o escritório. Ao abrir uma pasta que estava na última gaveta da escrivaninha, Laura percebeu a complexidade dessa ausência de cheiro. A sequência de dígitos, escrita à mão, ocupava uma folha inteira. — Isso aqui é uma sequência só? — perguntou pasma com o tamanho. — Caramba! Quantas substâncias devem ter aqui! — Laura mexeu no papel e percebeu que o outro lado também estava preenchido. — Isso é... a continuação?

— É sim — respondeu Jandira. — Entendeu agora a loucura que é a minha cabeça?!

— Entender... é difícil. Só consigo, com boa vontade, imaginar — Laura bufou. — Mas deixa comigo. Vou verificar esse número. Vou desvendar esse mistério. Só não te prometo uma resposta rápida — Laura levantou o papel. — Identificar cada substância e verificar o que elas formam... será complicado.

— Mal nos conhecemos e eu já estou te pedindo um favor — disse Jandira.

— Isso aqui pra mim é diversão. Alguns gostam de jogos, outros de filmes, eu adoro desafios; se forem de química então... — Laura estava animada. — Você tem outra cópia?

— Não se preocupe. Tenho todos os números na minha cabeça.

— Como assim, todos? De tudo que você já sentiu? — Jandira respondeu que sim. Laura puxou o ar pela boca com aflição — Pesado, hein?

— Normal pra mim — disse Jandira com um ar de resignação.

— Agora sou eu quem vai te pedir um favor. Até eu ter algo mais concreto, não vamos comentar nada com a Alessa, tá?! Nada contra ela. É só que... ela se mostrou ansiosa, com essa sua habilidade, prefiro que ela não saiba agora. Não quero ela me pressionando — explicou Laura.

Jandira concordou na hora. Laura estava fazendo um super favor. A última coisa que ela queria, naquele momento, era aumentar a pressão sobre Laura. Queria que ela tivesse toda a calma do mundo para investigar esse número. Enquanto elas conversavam, Laura dobrou o papel e o colocou no bolso de trás da sua calça.

Da sala, Alessa as chamou para comer.

QUARTO MOVIMENTO

TRABALHANDO A 41 PALMOS

Um belo e límpido céu azul anunciava mais um dia gelado. Faltava muito pouco para o início do inverno e as temperaturas já estavam muito abaixo do normal.

Laura chegava cedo ao trabalho e estacionava sempre na mesma vaga na área reservada aos pesquisadores. Num ritual matutino, apreciava os reflexos fragmentados da cidade na fachada de vidro do prédio, enquanto meditava. Aqueles poucos minutos dentro do carro focavam a sua mente para enfrentar o expediente.

O prédio do laboratório era composto de quatro andares. Seu formato era de um simples cilindro facetado. Externamente monótono, com sua fachada coberta por painéis de vidro, a construção surpreendia a quem entrasse. Do imponente saguão, a edificação revelava-se um enorme anfiteatro, não de quatro andares, mas de oito.

Os andares escalonados criavam a sensação de arquibancadas com seus corredores, de circulação principal, nas bordas internas. Isso possibilitava de qualquer ponto visualizar o movimento de funcionários e visitantes nos andares. Essa característica, além de dar mais vida ao ambiente, aumentava significativamente a segurança do laboratório. Não havia jeito de circular ou entrar em uma sala sem ser visto por uma das câmeras de vigilância.

Uma imensa claraboia ocupava boa parte do teto trazendo abundante luz natural aos andares inferiores o dia todo. A iluminação era tão boa que em nenhum ponto da construção tinha-se a sensação de claustrofobia. Nem mesmo nos subsolos.

Os subsolos eram considerados andares de importância estratégica. Organizado de forma simples, no primeiro subsolo ficava o controle da segurança, as salas de reuniões dos laboratórios e o centro de processamento de dados. No segundo e terceiro ficavam os laboratórios de pesquisa. E no último, os depósitos de equipamentos e substâncias, os biotérios e os laboratórios experimentais.

Praticamente todos os ambientes tinham suas divisões feitas com vidro que permitiam o controle da opacidade. Somente alguns ambientes, como os banheiros, eram feitos em alvenaria tradicional. Dessa forma, quando todas as divisões estavam no modo transparente, o andar parecia um único grande espaço.

...

Escutando uma música suave nos fones de ouvido, Laura passou pela recepção, atravessou a área dos elevadores aos pavimentos superiores e desceu por uma escada rolante circular até o primeiro subsolo. Nele, uma segunda recepção com segurança reforçada dava acesso aos andares inferiores.

Laura trabalhava em um dos laboratórios de pesquisa do segundo subsolo. Ela com outros dois pesquisadores buscavam desenvolver uma droga que evitasse a formação de emaranhados neurofibrilares que contribuíam para a neurodegeneração.

Perto da entrada, identificada como L17, Laura retirou os fones e desligou a música do celular. Entrou no laboratório e caminhou em direção ao seu escritório, no fundo do salão. O local ainda estava vazio pelo adiantado da hora.

Na antessala, a secretária, Julia, a viu chegando e se levantou para abrir a porta.

— Bom dia, Doutora Laura. Chegou mais cedo hoje.

— Bom dia, Julinha. Caí da cama mais cedo do que de costume — respondeu Laura com um leve sorriso enquanto caminhava para a sala. — Será que hoje conseguimos ter um pouco dessa calmaria durante o expediente? — ironizou.

— Podemos torcer, mas... — Julia, acostumada com corre-corre diário, fez uma expressão de incredulidade.

— Algum recado? — Laura abriu a porta da sua sala. Julia a seguiu passando os recados.

— Sim, o Dr. Carlos, do laboratório experimental, passou por aqui à sua procura, mas não deixou recado. Quer que eu o localize e o avise que a senhora já chegou?

— Ele passou aqui ontem ou hoje? — Julia respondeu que ele passara um pouco antes de Laura chegar. — Nossa, ele madrugou — falou Laura espantada. Julia concordou com a cabeça e se ofereceu novamente para localizá-lo. — Não se preocupe. Eu ligo pra ele mais tarde. Se fosse importante, teria deixado recado.

— No mais, só a reunião de andamento do projeto — disse Julia olhando no *tablet*.

— E a que horas será?

— Às duas da tarde. Mas não se preocupe, já separei a documentação necessária e incluí o relatório do desenvolvimento. Está tudo nessa pasta — Julia apontou para a pasta laranja em cima da mesa de Laura.

— Obrigada, Julinha. Me faz um favor... Me avisa uns quinze minutos antes da reunião?!

— Sem problema — Julia caminhou até a porta e, antes de sair, ligou a polarização dos vidros para dar privacidade **à chefe**.

Laura se ajeitou na cadeira, pegou sua bolsa e retirou um punhado de relatórios, com anotações marcadas com *post-its* coloridos, que ela analisara em casa. Separando-os, Laura viu no meio da papelada a folha que Jandira lhe havia entregado.

Com sua curiosidade aguçada pela impressionante habilidade da Jandira, abriu o *software* do laboratório que analisava estruturas e misturas químicas e se debruçou sobre a folha na tentativa de entender o que era o tal número sem cheiro.

...

O telefone tocou na estação de trabalho de Jandira.

— RNA, Jandira. Bom dia — atendeu ao telefone com sua atenção voltada para a tela do computador.

— Bom dia. Como você está, menina? — disse a voz ao telefone.

— Quem fala? — perguntou Jandira.

— Sou eu, Alessa.

— Oi, Alê. Desculpa. Estou tão distraída que nem identifiquei a sua voz. Tudo bem com você?

— Tudo ótimo. Tô te ligando pra saber se você não quer almoçar comigo?

— Quero sim. Onde você está? — Jandira olhou para o relógio e viu que já era quase hora do almoço.

— Quase em frente à entrada da universidade na Avenida Dumont.

— E onde você pretende comer?

— Me disseram que tem um restaurante de comida orgânica um pouco depois da Universidade, chamado *Dalla Terra*. Eu estava a fim de experimentar. Você conhece?

— Sim. Já comi lá. A comida é boa. Você tem como esperar uns minutinhos pra eu fechar as coisas aqui?

— Não se preocupe. Faz o que você tiver que fazer sem pressa. Eu vou na frente pra pegar uma mesa, tá? Beijo.

Jandira desligou o telefone e retornou a atenção ao documento aberto na tela. Tratava-se de um relatório técnico do novo software de análise comportamental desenvolvido pelo grupo que Jandira fazia parte. Apesar da longa lista de problemas, apenas três eram decorrentes da sua parte. Mesmo assim, leu todos os itens com atenção.

Dez minutos depois, ao terminar de ler o documento, desligou a tela do computador para ir ao encontro com Alessa. O restaurante ficava a duas quadras do seu prédio. Era perto. Mas Alessa já a esperava há algum tempo.

Assim que entrou no restaurante, Alessa, que estava sentada de frente para a porta, numa mesa na parte de trás do restaurante, acenou com o braço. Jandira deu um sorriso amarelo ao ver que a amiga estava acompanhada.

— Desculpa a demora, Alê. Tinha que terminar de ler um relatório importantíssimo.

— Esquece. Eu disse pra você que não estava com pressa. Além do mais, encontrei com um velho amigo. Deixa eu te apresentar. Nikola, essa é a minha amiga Jandira. Jandira, esse é o Dr. Nikola.

— Prazer em conhecê-la — disse Dr. Nikola estendendo sua mão para cumprimentá-la. — Você trabalha aqui por perto?

— Sim. Uns quatro ou cinco minutos daqui. Trabalho no departamento de redes neurais artificiais na Hurech.

— Que maravilha! — disse Nikola. — A Hurech é uma excelente universidade, tanto no ensino quanto no desenvolvimento de tecnologias. Tenho muitos amigos lá.

— Gosto muito de trabalhar lá. A universidade, como um todo, é muito boa. Todos são muito focados e competentes no que fazem. As ideias lá parecem fluir com maior facilidade. O pessoal brinca, pelos corredores, que colocam alguma coisa na água pra gente trabalhar com mais vontade.

— Vai ver que é verdade! Talvez seja uma experiência de outro departamento — Alessa riu, brincando com Jandira.

— Conspirações à parte — disse Nikola. — Você tem razão. Num ambiente harmônico, as ideias fluem bem melhor.

O garçom se aproximou com o *couvert*.

— Uma coisa eu garanto, essa menina não precisa de nada na água pra ser genial — observou Alessa.

— Assim você vai me deixar sem graça. — Jandira ficou desconfortável.

— Não seja tímida. Por acaso estou mentindo? — Alessa virou-se para o doutor. — Ela é modesta.

— Não se preocupe, Jandira. Eu conheço a Alessa há bastante tempo. Mas se ela está dizendo que você é especial, é porque você é! — Nikola fez uma pequena pausa e continuou: — Se não for muita intromissão da minha parte, já aviso que talvez por vício da minha profissão, me tornei uma pessoa curiosa...

— Sim, sim. Por causa da profissão — brincou Alessa, gesticulando que não.

Doutor Nikola riu e perguntou:

— Onde vocês se conheceram?

— Através do meu site para pessoas com sinestesia — respondeu Jandira aliviada que a curiosidade era só essa.

— Ah! Ela é a Jandira do site — Nikola olhou para Alessa. — Alessa comentou sobre você, algum tempo atrás.

— A não ser que ela conheça outra Jandira. Sou eu. — disse ela olhando para Alessa. — Espero que ela não tenha falado mal de mim!? — Alessa contraiu os músculos do rosto como se dissesse "Só um pouquinho".

— Não. Nada de ruim. Pelo contrário. Só falou coisas boas. Conheço os obstáculos diários que a Alessa enfrenta e quando ela me contou do seu site, achei a ideia interessantíssima.

Enquanto beliscavam o *couvert*, Jandira contou tudo sobre a sua sinestesia, inclusive sobre as recentes descobertas feitas por Laura. O doutor Nikola se mostrava interessadíssimo. Alessa apenas observava a conversa dos dois.

— Curiosa essa sua capacidade. Na verdade, curioso o nível de sinestesia que vocês têm. Em geral, as pessoas com essa condição não são tão afetadas como vocês — disse o doutor Nikola, realmente intrigado. — Deve haver outros fatores associados. No seu caso, talvez... você tenha uma quantidade de receptores olfativos muito, muito acima da média. E isso só pra começar. Porque a visualização do número atômico... — doutor Nikola balançou a cabeça e levantou os ombros demonstrando que nem conseguia imaginar.

— Nunca tinha pensado dessa forma — Jandira gostou da hipótese levantada pelo doutor Nikola e da forma que ele abordou o assunto. — Sempre imaginei que existisse algo a mais, porém nunca havia parado para pensar em possíveis alterações biológicas. Mas... agora fui eu que fiquei curiosa, qual a sua profissão?

— Sou neurologista e um dos sócios fundadores do Centro de Pesquisa Esius Narques. Há vinte anos venho trabalhando com pesquisas em neurociência.

— Neurociência. Tem tudo a ver comigo, quero dizer, com o que eu faço — respondeu Jandira cada vez mais interessada na conversa.

Nesse momento Alessa resolveu interromper a animada conversa para sugerir que pedissem o almoço.

— Claro. Hoje não posso me demorar no almoço. Acho que as coisas vão ficar quentes lá no departamento — respondeu Jandira.

Enquanto esperavam a comida chegar, doutor Nikola contou sobre o centro e os projetos em desenvolvimento. Orador nato, emendava uma história atrás da outra. Entretidas, Alessa e Jandira interagiam o tempo todo em busca de mais detalhes. Mesmo depois de a comida chegar, a animada e descontraída conversa continuou até quase o final da refeição.

— Jandira, você não gostaria de trabalhar comigo? — perguntou de repente o doutor, pegando Jandira de surpresa. — Deixe-me explicar. Estamos à procura de um profissional na área de informática com especialização, justamente, em redes neurais. Será que você não se interessaria em fazer parte da nossa equipe?

— Mas o que lhe garante que eu seja a pessoa mais indicada para essa vaga?

— Nada. Só te perguntei porque quem trabalha na Hurech tem qualificação mais do que necessária para fazer parte da nossa equipe. De qualquer forma, você teria que passar por uma entrevista com o pessoal responsável pela área.

Muito pouco à vontade, Jandira suspirou e, sem graça, respondeu.

— Doutor Nikola. Agradeço o convite, mas eu estou feliz na universidade. Especialmente com o trabalho que eu venho desenvolvendo. Não me entenda mal. Quem sabe num futuro.

— Sinceramente... não esperava outra resposta sua. Você aparenta ser muito íntegra e responsável. A Hurech não a contrataria se não fosse. Mas não custava tentar, certo?! — disse o doutor, sorrindo. — Posso, pelo menos, contar com a sua ajuda?

Jandira ficou curiosa com o novo pedido, mas não entendeu muito bem, então o doutor Nikola explicou:

— Uma coleta de dados para a minha pesquisa. Há muito tempo pesquiso novas alternativas de tratamento para doenças neurológicas. E você sabe, informação é vital. Quanto maior e mais diversificado for o meu grupo de estudo, melhor. Se você me permitisse, gostaria de contar com a sua ajuda no meu grupo.

— E como eu poderia ajudar? — perguntou Jandira ainda perdida. — O que eu teria que fazer?

— Basicamente, exames e a participação em alguns experimentos. Boa parte deles, neurológicos, é claro. Gostaria de tentar entender como a sua mente funciona. Seria como fazer exames de rotina com... — doutor Nikola fez uma pausa e, como se tivesse tido uma grande ideia, continuou: — Taí! Eu poderia autorizar que você fizesse todos os seus exames de rotina, de graça, lá pelo centro ou com um hospital parceiro nosso. Assim você não perderia tempo em consultas e laboratórios. Os médicos do Centro solicitariam, com prioridade para não atrapalhar a sua rotina, exames mais completos que também ajudassem as minhas pesquisas. O que você acha?

— É... interessante. Não vou negar — Jandira ficou interessada, porém não quis aceitar sem pensar primeiro. — Prometo que vou pensar.

— Claro. Pensa com calma. A gente vai conversando — disse o doutor Nikola. — Um dia desses, você poderia dar um pulo lá no centro pra ver o nosso trabalho. Lá você vai poder entender melhor o que seriam esses...

O celular da Jandira tocou, interrompendo o doutor Nikola. Na tela, o nome Matheus. Ele fazia parte da equipe de desenvolvimento no qual Jandira trabalhava.

— Com licença, preciso atender essa ligação — disse Jandira, já imaginando o que algo não estivesse certo.

Matheus lhe passou a situação em linhas gerais do que estava acontecendo no departamento. Como já antevia, o clima pesou e uma reunião havia sido marcada às pressas com todos os envolvidos no projeto. Jandira precisava voltar imediatamente.

— Alê, Doutor Nikola, peço desculpas, mas vou ter que sair. Marcaram uma reunião de emergência que vai começar daqui a pouco. Preciso correr. Posso pedir a conta?

— Conta? Que conta? Vai lá, Dira. Fui eu que te convidei — respondeu Alessa.

— Obrigada, Alê. Doutor Nikola, mais uma vez, prazer em conhecê-lo. E se o senhor me permitir, pego seu contato com a

Alê pra gente conversar mais sobre essa ajuda que o senhor deseja. Desculpe a minha pressa.

Jandira se despediu dos dois e saiu apressada, imaginando o que mais poderia ter acontecido durante o horário do almoço.

...

Às 17h45, Laura retornou da sua irrelevante reunião. Julia a esperava para ir embora.

— Julinha, antes de você ir, você poderia achar o Carlos pra mim?

Julia entrou no sistema e, pelo nome, verificou se ele ainda se encontrava no prédio. No sistema, clicando em localizar um funcionário, um mapa mostrava a sua localização dentro do laboratório e o número de telefone mais próximo a ele. Julia clicou no número indicado na tela e o chamou.

— Doutora Laura, o senhor Carlos está na linha — avisou Julia passou a ligação para o telefone de Laura.

— Cacá. Desculpe, eu não ter te ligado antes. Só parei agora. — Carlos disse não ter problema e que seu dia tinha sido também uma correria. — Você vai fazer alguma coisa hoje à noite? Tô precisando da sua ajuda. Sabe como é, duas cabeças pensam melhor que uma.

— Sei. Quer que eu dê um pulo aí, na sua sala?

— Não precisa. Prefiro conversar com você lá em casa, por volta das nove. Pode ser? — Carlos confirmou às nove na casa de Laura, mas perguntou qual seria o assunto e Laura respondeu: — Prefiro conversar lá em casa, tá?

— Tranquilo. Passo lá, às nove.

Laura recolheu os papéis espalhados na mesa, os colocou dentro da bolsa, deslogou do sistema, e foi para casa.

DIA PESADO

Esgotada, sentindo sua cabeça com o dobro do tamanho, Jandira chegou em casa com o desejo de um banho quente. Após relaxar embaixo do chuveiro quente, abriu o armário de remédios no banheiro, tomou um comprimido para dor de cabeça, e aplicou uma generosa quantidade de descongestionante nasal para diminuir os números na sua cabeça.

De pijama na cama, jantando, assistia a um programa de investigação cientifica. Inesperadamente, perto do final do show, seu telefone tocou sobre o criado mudo a fazendo levar um baita susto.

Era Alessa, queria saber se tudo tinha corrido bem na reunião. Jandira disse que infelizmente não. Além de longa e cansativa, tendo rolado até o final da tarde, a bronca e o mau humor da diretoria tinham sobrado para todos, sem exceções. Ninguém fora poupado.

Aproveitando a ligação, Jandira perguntou sobre o doutor Nikola.

— Aquele seu conhecido, o... — Jandira, com a cabeça ainda assoberbada, por um segundo esqueceu o nome do doutor. — Nikola. Vocês já trabalharam juntos?

— Não. Nunca trabalhei com ele. Eu o conheci um pouco depois que me casei com o Michel, meu ex. Eles eram amigos, desde pequenos. Por quê? — Jandira respondeu não ter uma razão específica, apenas queria saber mais sobre ele. Além disso, comentou o quanto ele falava. Alessa riu e disse: — Ele é adorável, mas não consegue parar de falar. Quando engata a primeira é difícil achar o freio. O bom é que as histórias são sempre interessantes.

— Isso é verdade. Fiquei presa no que ele falava. Mas então você ainda é amiga do seu ex? — Alessa, rapidamente, respondeu que não. — Eita! Você é amiga do amigo de infância do seu ex?

— Sim, sou. Mas não corro nenhum perigo de encontrar os dois juntos. O Nikola também não fala mais com ele. Ele pisou feio na bola comigo e com vários amigos. Além do mais, foi o Nikola quem me ajudou na época da minha separação.

— Foi mal, Alessa. Nem sei por que te perguntei isso. Não quero me intrometer na sua vida — disse Jandira, sem graça. — Mudando de assunto. Você não achou estranho ele me convidar pra trabalhar no centro, sem me conhecer direito?

— Pra falar a verdade, não. É o jeito dele. Quando o santo dele bate com o de outra pessoa, ele quer a pessoa por perto. Ele gostou muito de você. Apesar de ele falar muito... — "E como!", observou Jandira. — Ele tem um bom radar para achar novos talentos. Hoje ele falou mais do que o normal. Acho que estava à vontade. Depois que você saiu, teceu elogios a você e à sua postura.

— Poxa. Legal. Pensei que ele pudesse ter ficado chateado com a saída abrupta.

— Difícil ele se chatear por tão pouco. Ele é tranquilo, tranquilo. Mas me diga, você vai ajudá-lo nas pesquisas? — Jandira respondeu que ainda estava pensando sobre o assunto. — Tá certo, Dira. Mas não se esqueça que ajudando ele, você estará, potencialmente, ajudando muitas outras pessoas. Pensa nisso. — Jandira escutou, mas pediu desculpas a Alessa e disse que iria descansar. — Vai sim, Dira. Só liguei pra saber de você. Boa noite. Durma bem.

Por volta das nove e quarenta da noite, ainda sem sono, mas muito cansada, Jandira decidiu desligar a TV para tentar dormir. Deitada, de tempos em tempos, seus olhos corriam ao relógio somente para se inquietar ainda mais. Aos poucos, sua mente foi se entregando. As pálpebras pesando. Contudo, sua paz não durou muito tempo. Às dez para as onze, seu celular tocou novamente. Sonada, atendeu-o.

— Jandira. É Laura. Te acordei? — Jandira disse que estava quase dormindo e bocejando perguntou o que havia acontecido. — Desculpa, não queria te perturbar. É rapidinho. Queria só entender uma coisa, um tanto quanto estranha, naqueles números que você me passou?

— Só um minuto. — Ao escutar Laura dizer que se tratava de uma pergunta sobre o número sem cheiro, Jandira ajeitou-se na cama, esticou o braço para acender o abajur e disse: — Pode falar, Laura. O que você quer saber?

— Eu verifiquei mais de uma vez para ter certeza, mas até agora achei duas substâncias alucinógenas. — Jandira ficou sem palavras. — Você curte drogas? — perguntou Laura em tom de troça. Jandira ficou indignada com a pergunta e afirmou nunca ter usado drogas em sua vida. — Tô brincando, menina. Mas a história dos alucinógenos é verdade. Até eu demorei pra acreditar.

— Como assim? Nunca usei e nunca estive perto de drogas alucinógenas. Bom, pelo menos que eu saiba.

— Eu imaginei isso. Por isso achei tão estranho e estou te ligando. Só pra você saber, uma é uma derivação mais potente da Mescalina, uma substância alucinógena extraída de cactos andinos e a outra é a... Só um segundo. — Jandira escutou o barulho de papéis e a voz de um homem dizendo "Tá aqui!". Antes que Laura falasse alguma coisa, Jandira questionou a amiga de quem era a voz masculina. — Um amigo meu, o Carlos.

— Caramba, Laura! O que ele vai pensar de mim? — questionou Jandira chateada com a atitude de Laura.

— Para com isso, Jandira. Ele sabe que eu só estou te pilhando. Além do mais, vocês nem se conhecem. Presta atenção. A outra é a sequência 620.126.728 ou $C_{20}H_{26}N_2O$ que se refere à Ibogaína. Por serem alucinógenas, ambas interferem no cérebro provocando a mistura de sentidos. Isso não te faz lembrar alguma coisa?

— Entendi, Laura. Sinestesia. Mas por que essas substâncias estariam no meio desse número?

— E eu vou lá saber — respondeu Laura. — Foi você quem me passou esse papel. Só estou te contando o que eu descobri até então. Mas espera que tem mais. Nessa sequência, a grande maioria das substâncias é conhecida pela sua capacidade de turbinar a atividade cerebral, melhorando a cognição e a memória.

— Ah, tá! Um *shake* para malhação cerebral, é isso? — perguntou de forma irônica. — Já vi esse filme.

— Pode até ser. Mas se for um *shake*, por que tem drogas alucinógenas no meio? Alguma coisa não tá batendo. O que tá me deixando mais intrigada é que você viu essa sopa de substâncias como uma coisa única. E se você viu esse número, mesmo que ele não tenha cheiro, é porque essa composição existe. Agora... O que é e pra quê...

— Estou tão perdida quanto você — respondeu Jandira, desorientada.

— Eu sei. Foi uma pergunta retórica. Só queria conversar pra ver se juntas, conseguimos uma pista. Tenta lembrar de alguma coisa que possa me indicar um caminho.

— A única coisa que eu me lembro foi estar no escritório da minha vó quando essa sequência numeral apareceu. E como eu te disse, o que chamou a minha atenção naquele momento foi perceber que eu via um número sem sentir nenhum cheiro.

— Pensa comigo. Será que esse número não pode ser o resultado de uma overdose olfativa? Uma mistura dos vários cheiros vindos dos artefatos no escritório? Talvez alguns tenham sido usados em rituais religiosos com alucinógenos. De repente, esse excesso todo causou uma confusão na sua cabeça fazendo você achar que ele tenha vindo de um único cheiro.

— Nunca misturei cheiros. Além disso, como você me explica não ter tido mais nenhuma overdose nas outras vezes que entrei lá.

— É, você tem razão. Isso derruba a minha simplória teoria — concordou Laura. — Vou continuar decifrando as outras substâncias e depois, falo melhor com você. Mas se você lembrar de alguma coisa, me liga, tá?

Logo após a conversa, Jandira abriu o *notebook* e começou a pesquisar as substâncias alucinógenas mencionadas. Queria saber as suas origens, seus usos e efeitos. Quanto mais informação obtivesse, mais rápido conseguiria entender esse número sem cheiro.

Lendo sobre a mescalina e a ibogaína, percebeu uma coisa curiosa nessa combinação. Ambas causavam efeitos sobre a consciência, típicos das drogas alucinógenas. Porém, há algum tempo, a ibogaína vinha sendo usada como uma droga que curava a dependência em outras drogas, ou seja, podia reverter um possível vício a mescalina. Seria algo como explorar o lado escuro da mente sem ter que se preocupar com o preço a ser pago.

Mais do que alterar a consciência, a percepção do tempo e da realidade, o que chamou a sua atenção foi o aumento da percepção espiritual. Há milênios, inúmeras culturas usavam drogas alucinógenas para entrar em contato com espíritos. Talvez esse fosse o caminho para obter respostas aos seus questionamentos sobre uma possível continuação da vida.

Embora parecesse existir um perfeito equilíbrio, um detalhe tornava a combinação dessas duas drogas numa perigosa roleta russa. A agressividade da Ibogaína no organismo. Casos de coma e morte não eram incomuns após a sua ingestão. Imagine os possíveis efeitos da ingestão das duas, em simultâneo.

Exausta, ela foi dormir se perguntando: "De onde veio esse número?"

...

No computador do trabalho, um ícone piscava avisando o recebimento de um novo e-mail. A remetente era Alessa.

Boa tarde, Dira. Como vão as coisas por aí? Tudo tranquilo?

Quando puder, mande notícias. Beijos.

Fazia uns cinco dias que elas não se falavam. E pelo visto, Alessa tinha ficado preocupada. Desde o dia do recebimento do relatório técnico de usabilidade Jandira voltou toda a sua atenção aos problemas do software. Reuniões, mudanças e testes aconteciam num ritmo frenético. Chegavam cedo e saíam tarde. Independente das correções, tinham que se manter no cronograma. E a entrega de uma nova fase, a penúltima, estava se aproximando. Atrasar a próxima entrega era impraticável.

Somente após chegar em casa, foi que Jandira a chamou para um bate-papo com vídeo pelo site. Nem precisou dar muitas explicações para o seu sumiço. Alessa imaginava que ela estivesse atolada de serviço. Queria só saber como ela estava; se precisava de alguma coisa.

Quando Alessa ajeitou o cabelo, Jandira viu um curativo na sua testa. Ao perguntar o que havia acontecido, contou que os últimos dias não tinham sido nada fáceis para ela também. Se não bastasse o estresse normal do trabalho, um problema no sistema de prevenção de incêndio fez o alarme do trabalho disparar. Pega de surpresa, sem os seus protetores auditivos, Alessa, seguindo os procedimentos do treinamento de evacuação, se encaminhou para as escadas. As escadas ficaram lotadas com os funcionários de todos os andares. As vozes, o alarme e os passos nos degraus da escada enclausurada embaçaram sua visão. Eram tantas manchas e ondas coloridas que num determinado momento sua visão ficou tão turva que acabou cambaleando, batendo a testa no corrimão e indo ao chão.

Como o assunto era sinestesia, e como as fazia passar por momentos constrangedores, Jandira lembrou-se de comentar a bizarra descoberta feita por Laura sobre o número.

— E quando foi que ela descobriu isso? — perguntou Alessa curiosa.

— No dia do nosso almoço no *Dalla Terra*. Ela me ligou à noite, um pouco depois que a gente se falou. Como a sequência era muito grande, ela ainda não tinha terminado. Mas ligou assim que identificou essas substâncias ilícitas.

Alessa concordou com a atitude de Laura e disse que também ligaria na mesma hora pra contar. Uma descoberta assim tinha que ser investigada. Sem entender muito bem quando Jandira havia passado essa sequência, Alessa perguntou: — Mas quando você passou essa sequência pra ela?

— Aqui em casa, no dia do nosso encontro — respondeu Jandira com naturalidade.

— Ué! Eu bebi tanto assim. — Alessa estranhou, pois não se lembrava de nenhuma sequência ter sido passada a Laura.

— Você estava na cozinha esquentando a comida. Lembra que nós duas estávamos no escritório quando você nos chamou pra comer?

— Lembro. Mas por que você não comentou nada comigo? — perguntou Alessa se sentindo excluída.

— Sei lá, Alê. Acho que a nossa fome era maior. Esquecemos. Além do mais, o que eu teria para comentar. Agora é diferente. Tenho algo real pra te contar.

— Você tem razão, Dira. Isso é uma novidade. E das grandes. Que composição poderia conter esses tipos de substância? — Alessa fez um estalo com a boca e disse: — Será que a Laura não estava zoando com você?

— Zoando? Não. Ela não me pareceu estar de brincadeira. — Jandira raciocinou rápido e a questionou: — Engraçado! Quem foi que me recomentou conhecê-la dizendo que ela era uma pessoa séria?

— Nossa! Você hoje está na defensiva, menina. Já passou pela sua cabeça a possibilidade de ser um erro, uma confusão nessa decodificação que ela fez? Você mesma disse que a sequência é enorme. Isso, com certeza, aumenta a probabilidade de um descuido. Aliás, só por curiosidade, onde você estava quando viu esse número?

— No trabalho — respondeu rapidamente e firme para não demonstrar a mentira na sua voz. Jandira podia até estar na defensiva, mas por alguma razão que nem ela sabia explicar, decidiu não dizer a verdade.

— É, Dira. Acho pouco provável que você venha a descobrir o que era. O que provocou esse cheiro, talvez nem mais esteja no seu trabalho. O único jeito agora é esperar. Quem sabe uma pista surja quando ela terminar.

QUINTO MOVIMENTO

SUBSTÂNCIA X

Desde o encontro com Laura, Carlos investigava um composto, uma molécula em particular, contida na fórmula do número sem cheiro. Complexa, essa era a única dentro da longa sequência que eles nunca haviam visto antes. Para entender se a sua existência era possível, seria necessário utilizar o equipamento mais avançado da empresa, o SVQ-IX. Um simulador que permitia a visualização em tempo real da estrutura em três dimensões, a análise das características da substância e as suas possíveis reações com outros compostos. O único obstáculo era conseguir utilizá-lo em uma pesquisa particular.

Dias depois, um comunicado interno chegou aos pesquisadores dos laboratórios. Seu objetivo era informar que no próximo final de semana o *mainframe* passaria manutenção, atualizações e ampliação da capacidade de processamento. Destacado em negrito, o texto alertava para o risco de perda de trabalho pela instabilidade no sistema durante o processo de *upgrade*. Nesse período, nem o *backup* poderia funcionar perfeitamente. Ao final, com o intuito de evitar maiores problemas, fora recomendado que ninguém utilizasse a rede interna da empresa das vinte horas de sexta-feira até as sete horas da manhã de segunda-feira.

Isso soou como música para seus ouvidos. Essa era a grande oportunidade de usar o simulador com total privacidade. Não precisava usar a rede interna, nem salvar nada no *mainframe*. Aliás, era até melhor que o sistema de backup estivesse desligado. Isso garantiria anonimato total na pesquisa.

Sábado após o almoço, Carlos foi à empresa torcendo para ninguém estar na sala do simulador. Apesar das luzes acessas nos subsolos, as salas e laboratórios estavam praticamente vazios.

Encaminhando-se para a sala do SVQ-IX, Carlos viu um carrinho de limpeza parado bem em frente à sala do simulador. Percebendo a oportunidade, retornou à sua estação de trabalho e deixou o crachá embaixo do teclado. Fingindo conversar ao telefone, parou defronte à sala do simulador. Eram apenas dois funcionários fazendo a limpeza no local. Como se precisasse trabalhar, bateu no vidro gesticulando se a limpeza ainda demoraria muito. Um dos rapazes abriu a porta e disse:

— Já estamos de saída, doutor. O senhor pode entrar.

Aproveitando a porta aberta, entrou sem a necessidade de realizar a leitura biométrica. Como o crachá havia sido deixado na mesa, nem o sistema de rastreamento podia saber a sua localização. Só as câmeras de vídeo sabiam onde ele estava.

Assim que os dois saíram da sala, Carlos ligou os equipamentos. Ao iniciar o simulador, um alerta apareceu indicando que o sistema de backup não estava ativo. O sistema então apresentou as opções na tela e ele escolheu continuar o procedimento localmente.

Inseriu a supermolécula desconhecida no sistema, polarizou os painéis de vidro voltados para o corredor e diminuiu a intensidade das luzes.

Transferiu o comando da estação principal do simulador para o tablet e foi para perto do tablado redondo, no meio da sala. Ali eram formadas as imagens holográficas tridimensionais das estruturas.

Deslizou o dedo para fora da tela, jogando a estrutura molecular para visualização no tablado comandando que o sistema fizesse a análise. As informações começaram a aparecer ao redor da holografia. Não demorou muito até que todas as informações surgissem.

O SVQ-IX terminou a análise. Uma tarja apareceu em volta da última simulação, com um texto levemente cintilante, onde se lia: "Arranjo 100%, estabilidade 0%". Apesar do simulador considerar a supermolécula uma estrutura viável, sua fabricação não era.

Desapontado com o insucesso, sentou-se sobre a mesa com o tablet na mão, e clicou em exibir relatório completo. Analisando,

Carlos percebeu o possível problema. Talvez adquirisse estabilidade misturando-a aos outros compostos. O conjunto devia ser a chave. Sem perder tempo, arrastou todos para o holograma e comandou o início dos testes. Eureca. Com a inserção dos outros compostos a supermolécula se mantinha estável.

Sem perder tempo, Carlos gerou o relatório geral e o de como criar a supermolécula e os copiou para o *pendrive*. Antes de ele sair, verificou se o sistema havia coletado alguma informação no *cache* do simulador.

Entusiasmado, assim que saiu do estacionamento da empresa, sentiu uma incontrolável vontade de contar a Laura o que havia conseguido. Pelo *bluetooth* do carro, tentou insistentemente ligá-la, porém seu telefone só caía na caixa postal. Sem conseguir falar, deixou um recado para que ela entrasse em contato assim que escutasse a mensagem.

Somente no dia seguinte, por volta das dez e meia da manhã, ela ligou. Combinaram um encontro em um café próximo à casa dela. Cansada da noite anterior, Laura levantou-se morosamente da cama, indo direto para o banheiro. Precisava de uma ducha para despertar. Arrumou-se com as roupas mais confortáveis que viu pela frente e saiu. Sem pressa, chegou ao local. Para um domingo de tempo bom, o movimento estava bem fraco.

Carlos a aguardava sentado numa mesa isolada. De cabeça baixa, entretido com o *notebook*, nem percebeu sua aproximação.

— Bom dia, senhor "antissocial" — disse ela com a voz rouca.

— Caramba! A noite deve ter sido muito boa. Você tá um trapo, hein?

— Não enche, Cacá. Dormi pouco essa noite. — Sentou-se ao seu lado, largando o peso do corpo. Olhou pra ele, respirou fundo e perguntou: — Qual é a novidade que não dava pra falar ao telefone?

— Até dava. Mas eu queria ver a sua cara. — Carlos abriu o arquivo com a estrutura da composição e virou o *notebook* para Laura. — Adivinha o que é isso? Só te dou uma chance.

Laura tirou os óculos escuros ao olhar para a tela.

— Não brinca comigo. Isso aqui é... É viável? — Carlos confirmou com a cabeça.

— Cara, você é um gênio! Como você conseguiu isso?

— Na verdade, quem conseguiu foi o SVQ-IX do laboratório.

— Como assim, Cacá? — Laura exaltou-se.

— Relaxa, Lao. Esqueceu que o sistema estava fora do ar nesse final de semana?! — Laura diz ter esquecido. — Ninguém sabe, nem vai saber que eu usei o equipamento. Você acha que ia dar esse vacilo!? Como você acha que eu conseguiria montar essa estrutura e testá-la sem aquele tipo de equipamento?

— Verdade. Meu cérebro ainda não está em pleno funcionamento. Vai, me conta como você fez?

Carlos explicou todo o processo minuciosamente. Pasma, Laura colocou seus cotovelos sobre a mesa, apoiando o queixo nas mãos. Era tão inacreditável que ela só conseguiu pensar em uma pergunta: "De onde veio essa composição?"

— Lao. Não tenho a menor noção do que isso seja, mas sem dúvida não é algo trivial. É muito louco como tudo se encaixa perfeitamente. O fato é que ela existe. Não foi viagem ou invenção da sua amiga.

— Isso com certeza. — Laura respondeu com a mente povoada com outros questionamentos. Quase como se ela não estivesse lá. Expirando forte, olhou para Carlos. — Então... só existe um jeito de a gente saber o que ela faz. — Laura levantou a sobrancelha.

— Ah... não! — respondeu Carlos imaginando o que Laura queria fazer. — Uma coisa é saber se é viável, se existe. Desenvolvê-la vai ser muito mais complicado. Em vários aspectos. Esquece isso! Não passou pela sua cabeça que nós podemos ter problemas sérios. Imagina a dor de cabeça se a empresa descobre.

— Você não pensou nisso ontem — Laura faz um breve intervalo. — Não precisamos fazer nada na correria. Podemos avaliar os riscos. E... talvez, somente talvez, possamos achar uma forma de dar continuidade a essa pesquisa. Vai me dizer que não está curioso?

— É lógico que eu estou. Não é todo dia que se descobre uma molécula complexa como esta, no meio de uma sopa de outros compostos, descrita por números vindos do olfato de uma mulher sinestésica que...

— Respira, não pira, Cacá — Ela o interrompeu. — Vamos aproveitar que trabalhamos em um laboratório, em posições de acesso privilegiado a equipamentos e recursos. Temos a faca e o queijo nas mãos.

— Ok, Lao. O que você quer é sintetizar um pouco dessa fórmula, correto? — perguntou a Laura, que imediatamente respondeu sim balançando a cabeça. — E como vamos usar as instalações pra sintetizar e testar?

— Vamos supor que seja possível arranjarmos um jeito de levar essa pesquisa a frente da forma mais discreta. Você não tentaria?

— Sim, mas uma oportunidade como a de ontem foi completamente atípica, Lao.

— Que tenha sido. Foi possível, não foi? Vamos discutir as possibilidades. Vamos bolar um plano. Se amanhã ainda for interessante, pensamos um pouco mais até nos sentirmos confortáveis de colocá-lo em prática. Sem pressa. Sem pressão. — Logo após sua fala, Laura reparou uma sútil mudança no comportamento de Carlos que relaxou o corpo na cadeira, diminuindo a tensão em seu rosto. O suficiente para ela perceber que ele avaliava, com mais calma, a possibilidade de prosseguir com a experiência. Sentindo que o momento era propício, Laura perguntou: — Alguma vez na vida eu te coloquei numa furada?

— Inúmeras! — Carlos riu com ironia.

— Vem cá, meu exagerado. — Laura, gemendo, deu-lhe um abraço apertado. — Te adoro, Cacá.

— Você me derruba com muita facilidade. Tenho que aprender a ser mais duro com você — disse Carlos de forma afetuosa. — Mas presta atenção, eu aceito pensar num plano — advertiu Carlos.

— Combinadíssimo — respondeu Laura num tom malicioso.

Tomaram inúmeras decisões, pensaram de todas as formas, de todos os ângulos. Até decidiram dividir a sequência em duas partes para facilitar a execução e garantir a segurança da fórmula.

Carlos ficaria com a responsabilidade de sintetizar a supermolécula e Laura, de conseguir os outros elementos da fórmula.

...

Três semanas se passaram e nada de Laura. Há dois dias, numa conversa ao telefone, Alessa perguntara a Jandira se tinha alguma notícia dela. Assim como Jandira, Alessa só recebia curtas mensagens do tipo:

Hiperenrolada!!! Conversamos depois. Bj.

Ainda que Jandira não a conhecesse assim tão bem, estranhou seu comportamento. As duas estavam preocupadas. Queriam saber se ela estava bem.

Jandira suspeitava que a questão fosse o trabalho. Nas últimas semanas, viu as luzes do apartamento de Laura serem acessas bem tarde da noite. Em alguns dias, sequer as viu acender.

Outro dia, Jandira estava na janela quando a luz do apartamento acendeu. Devia ser perto de meia-noite. Ao ver a silhueta de Laura pela cortina da sala, Jandira teve uma ideia. Questionável ou não, Jandira a espiou com o antigo binóculo da sua avó.

Mesmo assim, Jandira só conseguiu vê-la quando ela entrou no quarto. As cortinas estavam abertas. A luz vinha do corredor. Laura jogou a mochila na cama, tirou de dentro um pequeno pacote de papel pardo e sentou-se na cama. Com a cabeça baixa, moveu-a de um lado para o outro, como se tentasse aliviar a tensão do pescoço, para logo depois jogar o corpo para trás.

Vendo-a nitidamente exausta, Jandira sentiu pena. Sem ter muito o que fazer, mandou uma mensagem:

Preocupada com você, mas respeito o seu espaço. Se precisar de ajuda, por favor, me chame. Bjs.

Olhando discretamente pela janela, viu a luz do celular de Laura acender. Pouco depois recebeu a resposta:

Não se preocupe comigo. Estou estressada. É o meu jeito. Nos falamos em breve.

Jandira foi se deitar pensando nela sentada à beira da cama. Analisando friamente, sabia que sua preocupação também era para saber se ela havia conseguido alguma novidade sobre a sequência. Ela se importava com Laura, contudo, nesse caso sua curiosidade falava mais alto.

COM TODAS REUNIDAS

No térreo do laboratório, Carlos esperava por Laura para almoçar. Sentado no refeitório, na mesa mais próxima da borda do andar, olhava o vaivém dos funcionários nos corredores circulares abaixo. Eram quase duas horas da tarde. O local estava tranquilo, praticamente todas as mesas já estavam vazias.

Atarefados, essa era a primeira vez que se sentariam para conversar desde que iniciaram os preparativos para sintetizar a fórmula do número sem cheiro. Durante esse período, conversavam basicamente pelo celular ou em rápidos encontros pelos corredores.

Carlos ficava até altas horas batalhando na construção da supermolécula. Laura corria atrás das outras substâncias. A lista não era pequena. Sua maior dificuldade, sem dúvida, foi conseguir as duas substâncias ilícitas. Entre seus conhecidos, sabia quem tinha contatos nesse submundo. Mesmo assim, seria difícil conseguir alguém que fornecesse substâncias tão inusuais.

Onze dias após pedir ao seu conhecido, Laura as conseguiu. Não foi barato. A ela foi entregue um pequeno pacote. Sentiu um grande alívio por finalmente conseguir as mais difíceis.

Durante esse tempo, Laura não parou sequer um minuto. Se não estava à procura de uma substância, estava no laboratório extraindo o princípio ativo de uma outra. Tal como Carlos, usava as instalações fora do horário de expediente. Esperava em sua sala até que o último funcionário saísse para fazer as manipulações.

...

Faltavam cinco minutos para duas quando Carlos a viu caminhando pelo corredor do segundo subsolo em direção às escadas rolantes. Ao subir, seus olhares se cruzaram e, com um suave sorriso, cumprimentou-o acenando discretamente.

Laura chegou ao refeitório.

— Oi, Cacá. Nem vou perguntar se tá tudo bem. Sua cara já diz tudo.

— Estou acabado, né? — perguntou ele, espremendo os olhos. — Mas olha, a sua também não está lá essas coisas.

— Eu sei. Tô morta. Até nas noites que eu chegava em casa mais cedo, não conseguia dormir. Insônia direto. Muita coisa fervendo na cabeça.

— Então somos dois. Só que... da minha parte... — Carlos comemorou levantando as mãos — tá terminado!

— Sério?! — Laura segurou-lhe o braço. — Você conseguiu? — Ele confirmou sorrindo. — *Peraí*. Da última vez que a gente conversou, você estava com problemas para terminar. — Carlos confirmou que realmente estava tendo problemas, mas finalmente havia conseguido. — Ainda bem que você não desistiu. Eu ia pirar se a gente não conseguisse. Principalmente depois dos apertos que passei.

— Apertos? — Carlos não entendeu. Laura levantou as sobrancelhas e ele imediatamente lembrou das "outras" substâncias. — Hum! Lógico. Nem vou perguntar. Prefiro não saber. — Você arranjou todas?

— Sim! Estão todas na minha sala. E a sua, onde está?

— Lá embaixo, também, na minha mesa. São três frascos pequenos de 15 ml; cada. Achei que, como ainda vamos misturar com as outras, a quantidade seria suficiente para pequenos testes. Você achou pouco?

— Não! Está ótimo. — Laura mexeu nos talheres. — Então... vamos juntá-las?

— Pode ser! Mais um dia saindo tarde não vai fazer diferença nenhuma.

Assim o fizeram seguindo as etapas necessárias. O resultado foi um líquido turvo com um pó bem fino, depositado no fundo. Contentes com o sucesso, decidiram encerrar o dia. Agora o material do número sem cheiro existia.

SEXTO MOVIMENTO

TRÊS GRUPOS

Uma semana. Esse foi o tempo necessário para que Laura e Carlos montassem uma estratégia para a nova fase. Conduzir testes em cobaias.

Laura possuía acesso ao biotério da empresa para os testes de sua pesquisa. Precisava inventar uma desculpa para uma autorização de acréscimo de alojamentos e cobaias.

As autorizações eram restritas no biotério. O controle era mais rígido. O acesso só era permitido ao pessoal do setor, aos pesquisadores que possuíam testes em andamento e aos auxiliares indicados pelo pesquisador.

No biotério, as gaiolas eram cuidadas por funcionários do setor, vinte e quatro horas por dia. Segundo as normas de sigilo da companhia, toda a informação devia ser codificada para preservar a propriedade. Essa exigência fez com que Laura nomeasse esse acréscimo com o código F82/1-L17ND/A017, uma variação do código do experimento já conduzido. A partir desse ponto, Laura e Carlos passaram a se referir a fórmula como 82/1.

Para esse acréscimo, Laura solicitou três grupos de cobaias, cada um com cinco fêmeas. O primeiro chamado de grupo de controle não receberia a droga. O segundo, uma pequena dose diária e o terceiro, o dobro da dose administrado ao segundo. Dessa forma, Laura conseguiria avaliar os efeitos da droga num curto espaço de tempo.

Setorizado pelo risco de contaminação, o local se dividia em três grandes salões circulares. Ao redor de cada um deles, compartimentos compridos guardavam nas suas duas laterais estantes para o alojamento de cobaias. Ao fundo, separada por outra porta de vidro, uma sala experimental com equipamentos para exames.

Por se tratar de uma área com baixo grau de periculosidade, possuía também um controle de segurança menos rígido.

Quatro dias. Esse foi o tempo necessário para que as alterações no comportamento dos grupos começassem a ser visíveis. Enquanto as fêmeas do grupo de controle mostravam sinais de agitação normal à espécie, os grupos dois e três exibiam sinais de quietude.

Laura achou curioso esse comportamento e se aproximou do grupo três para observá-las. Inesperadamente, todas as cinco fêmeas reagiram indo à frente do alojamento transparente. Naquele momento, Laura sentiu uma estranha sensação que, na verdade, era ela quem estava sendo observada.

Apesar de prematura, começou a associar as substâncias da fórmula ao comportamento por elas demonstrado. Envolta em seus pensamentos, Laura caminhou pela sala. Enquanto caminhava, as fêmeas a acompanhavam.

Num movimento inconsciente, Laura inclinou sua cabeça para o lado e todas as cinco fêmeas inclinaram as cabeças para o mesmo lado. Laura sentiu um calafrio correndo pelo corpo. Era difícil explicar o que estava acontecendo, porém aquela conduta mostrava um sinal rudimentar de comunicação através da repetição.

Ao passar pelo lado de fora, um dos cuidadores do salão estranhou o comportamento de Laura. Ela balançava a cabeça de um lado para o outro, sem tirar os olhos da estante. Sem entender o que acontecia, decidiu entrar e perguntar se precisava de ajuda.

Desligada do mundo à sua volta, deu um pulo da cadeira quando a porta se abriu. Sem graça, o rapaz não sabia o que dizer. A última coisa que ele queria era assustá-la. Laura achou cômica a situação e riu.

— Mil perdões, doutora. Não foi minha intenção assustá-la.

— Que isso! Era eu quem estava distraída.

Conversando, Laura inventou uma desculpa qualquer para o seu comportamento. Enquanto falavam, Laura percebeu que as fêmeas do grupo três, até então paradas na frente do alojamento, não estavam mais a observá-la.

Antes de ele sair, Laura teve uma ideia.

— Qual seu nome?

— Gilberti.

— Gilberti, você saberia me dizer se tem alguma touca de medição da atividade cerebral disponível na sala experimental?

— Não. Esse equipamento não fica mais nas salas. Mas eu posso buscar pra senhora. Seriam quantas?

— Três são suficientes.

— Só um instante. Já volto já.

— Obrigada, Gilberti.

Após a sua saída, as fêmeas reapareceram. Olhando para elas, imaginou que talvez pudessem tê-la associado como a fornecedora da substância. Laura passava todos os dias para acompanhar o andamento. Tirava um pequeno spray do bolso, agitava a substância e a borrifava sobre a ração. Podiam estar simplesmente viciadas, aguardando mais uma nova dose.

O barulho do ar comprimido vindo da porta indicava o retorno de Gilberti. Trazia consigo uma caixa com as toucas de medição e o painel de leitura dos sinais.

— A senhora quer ajuda com o equipamento?

— Não. Obrigada. Já trabalhei com ele antes.

— Ok. Qualquer coisa é só chamar.

Ao colocar a mão dentro de cada gaiola, Laura confirmou fisicamente a mudança no comportamento dos grupos. As fêmeas do primeiro grupo reagiram de modo instintivo fugindo da sua mão enquanto no segundo, apesar de ainda receosas, se aproximavam para cheirá-la.

No terceiro, embora Laura já imaginasse uma reação bem diferente, não esperava pelo que aconteceu. Apesar de todas irem à sua direção, sem qualquer receio, uma delas subiu em sua mão como se se ofereceram para Laura.

Ao fazer as leituras, o equipamento ratificou sua suspeita. O grupo que recebeu doses mais elevadas de 82/1 tinha uma atividade bem maior que o segundo. Isso demonstrava claramente que havia uma relação entre a quantidade da substância acumulada no organismo e o aumento das sinapses cerebrais.

...

Perto da hora do almoço, Laura ligou para o trabalho de Jandira.

— Jandira?

— Oi, Laura. Que bom poder falar com você. Você sumiu?

— Sumi, mas estou de volta. Foi por uma boa causa.

— E eu posso saber por qual?

— Claro! Liguei justamente pra isso. Eu tenho novidades sobre a sua fórmula.

— Sério! São boas? — a ansiedade da Jandira, subiu. — Conta logo.

— Sei que é muito prematuro o que eu vou dizer, ainda temos um longo caminho pela frente, mas tudo leva a crer que os grupos teste estão aumentando a capacidade cerebral, estão com nível de inteligência maior. E olha que foram apenas quatro dias tomando a fórmula.

— Para tudo! Como assim, os grupos teste? Você já desenvolveu o número sem cheiro?

— É obvio que sim — ironizou. — Agora o chamo de 82/1. O nome é... provisório. — Jandira ficou sem saber o que dizer, num misto de perplexidade e alegria.

— Por que você não... não... É... Vai, me conta tudo, Laura.

— Agora não dá. Liguei só para te dizer isso e pra saber se você não gostaria de me encontrar hoje à noite — perguntou Laura.

— Depois dessa novidade, nem que eu não quisesse, né!? Você quer marcar lá em casa, ou você prefere em outro lugar?

— Tem um lugarzinho novo, perto da minha casa, que eu queria conhecer. O que você acha?

— Legal, mas ele deve ficar cheio?

— Imagino que não. Não fica na rua principal dos bares e restaurantes.

— Combinado, então. Só te peço uma coisa: me conta tudo. Tudo mesmo, tá? — Laura respondeu que essa era justamente a sua intenção. — Me manda uma mensagem com o endereço e a hora.

— Ok. Te mando já, já. Até lá, Jandira. Beijo.

...

O local do encontro tinha um clima jovem e divertido. Ainda que recém-inaugurado e desconhecido da maioria, não ficou vazio por muito tempo. E quanto mais pessoas, mais perfumes e barulho tomavam conta do lugar.

Pelo horário marcado, Jandira saiu direto do trabalho para o restaurante. Nem teve a chance de passar em casa. Por sorte, conseguiu uma mesa na parte aberta. Enquanto aguardava a chegada de Laura, pediu um suco de laranja.

Cerca de dez minutos depois Laura, chegou sorridente. Animada com as novidades, mal se ajeitou na cadeira e já falava da loucura das últimas semanas. De como conseguiu as substâncias aos testes que andava fazendo. Explicou quase tudo.

Em confidência, disse que sem a ajuda de Carlos não conseguiria metade do progresso feito. Segundo ela, a ajuda dele tinha sido essencial para a criação do 82/1. Preocupada em não o prejudicar, pediu-lhe sigilo absoluto quanto a participação. Não queria que ninguém relacionasse seu nome ao que ela estava fazendo.

Quando uma pequena fila já se formava na frente do bar, Laura esticou o pescoço por entre as pessoas, espremendo os olhos como se não acreditasse no que via.

— O que foi, Laura?

— Por um acaso... você chamou a Alessa? — indagou Laura, surpreendida.

— Chamei. Algum problema?

— Não. Mas você podia ter me avisado. Achei que a conversa seria somente entre nós duas — disse Laura nitidamente aborrecida. — Posso presumir, então, que ela já saiba o motivo do nosso encontro!?

— Foi mal, Laura. Eu não queria...

Alessa chegou à mesa, interrompendo Jandira.

— Quer dizer que a fujona resolveu aparecer. — Alessa inclinou-se para beijá-la. — Como você está?

— Tô bem! Só um pouco cansada do trabalho — respondeu de forma desanimada.

— Nem me fale de trabalho. Se eu pudesse, já teria pedido a minha demissão — disse Alessa estalando os dedos. — O que vocês estão bebendo?

— Suco — responderam elas, ao mesmo tempo.

— Ah! Vocês estão muito light. Vou pedir um chopinho — Alessa pediu ao garçom e, sem perder tempo, disse: — A Dira comentou que você tem novidades. Descobriu de onde vem o tal número?

— Não. Procurei, mas não encontrei na literatura nenhuma fórmula parecida com essa — respondeu Laura.

— Ué! Então... Qual é a novidade? — perguntou Alessa.

— Na verdade, essa é a grande novidade. Se realmente ela existe, é totalmente desconhecida. Parece, pelas substâncias contidas na fórmula, ser capaz de aumentar as sinapses estimulando a atividade cerebral. No mínimo, aumenta a capacidade de concentração do indivíduo, tornando-o mais observador.

— Sério? — Alessa mudou o tom de voz.

— É pura especulação. Não posso afirmar nada. É como eu disse, olhando cada substância e seus efeitos, parece um coquetel pra turbinar o cérebro.

— Falando nessas substâncias, como eu posso ajudar? — perguntou Alessa. — Não se esqueçam, sou bióloga com doutorado em genética. Talvez eu possa encontrar algo que tenha passado despercebido.

— É verdade. A Alessa podia ajudar — disse Jandira.

— Depois me passa a lista, Dira — pediu Alessa.

— Se você quiser, estou com ela aqui. Você quer? — perguntou Laura já puxando o papel da bolsa.

— Quero, sim. Mas e você? — indagou Alessa.

— Eu tenho os números anotados no computador — respondeu Laura.

O garçom se aproximou com o chope, enquanto Laura entregava o papel com os números e as respectivas substâncias.

— Curiosidade; como você concluiu que o indivíduo fica mais observador?

— Observando as cobaias — respondeu Laura distraída.

— *Peraí*! Você já está fazendo teste? — A expressão de espanto, no rosto de Alessa, foi imediata. — Onde?

— No laboratório. Onde mais eu poderia fazer? — respondeu Laura, falando baixinho.

— Te deram permissão?

— Sim e não. Deixa isso comigo.

— Você só pode ter perdido o juízo. E se você for descoberta? — disse Alessa, exaltada.

— Só se eu fizer algo muito errado, der uma bobeira feia, ou alguém me dedurar.

Os protetores auditivos de Alessa normalmente já abafavam os sons, assim quanto mais o barulho do local aumentava, mais força ela fazia para escutar. Mesmo irritada, continuou a questionar por mais detalhes. A cada pergunta, Laura perdia mais e mais a paciência. Suas respostas ficavam cada vez mais curtas e sua voz, cada vez mais baixa.

— Você fez tudo isso sozinha? — Alessa perguntou com incredulidade.

— Aham! Não foi nenhum bicho de sete cabeças — respondeu Laura.

— Mas com certeza não foi moleza. Se tivesse sido, você não teria desaparecido por tanto tempo — disse Jandira, mostrando que Laura podia confiar no seu silêncio quanto à participação de Carlos.

— Nada é fácil. Só tive que me dedicar — respondeu Laura.

No rosto de Laura era patente o seu desconforto. Jandira só não sabia se era com o fato dela ter que repetir tudo novamente ou por ter que responder aos questionamentos de Alessa. De qualquer maneira, ficou chateada com a situação.

Laura interrompeu a conversa ao olhar para a hora no celular e disse estar tarde. Precisava colocar o sono em dia e, na manhã seguinte, o trabalho esperava por todas.

Jandira pediu a conta. Ao retornar para casa, remoendo a história, ela enviou uma mensagem a Laura:

Desculpe por eu tê-la chamado sem te perguntar.

Não fique chateada comigo.

Se precisar de alguma ajuda, me chama. Seja para o que for.

Laura respondeu:

Não esquenta, Jandira. Boa noite.

...

De acordo com sua nova rotina diária, Laura encaminhou-se ao biotério após a colocação da ração.

Assim que chegou, antes mesmo de borrifá-las, percebeu algo de errado nos grupos dois e três. Duas fêmeas, uma de cada grupo, apresentavam um comportamento semelhante às fêmeas do grupo controle, que não haviam recebido a droga.

Aquilo era bastante improvável. Tudo bem se fosse apenas uma fêmea em um dos grupos. Uma reação de defesa do organismo á droga. Mas duas em cada grupo, era estranho.

Várias hipóteses povoaram sua mente. Algumas a preocupavam. Precisaria de pelo menos um hemograma e um toxicológico. Só dessa forma poderia entender o que estava acontecendo. Por garantia, decidiu não impregnar a ração até examinar os resultados.

Lembrando-se do dia anterior, interfonou para a administração do biotério na intenção de chamar o Gilberti. Ao perguntar por ele, um dos funcionários se colocou a sua disposição, informando-a que Gilberti entrara de férias. Laura então solicitou a esse outro funcionário o estojo para coleta de sangue.

Com o equipamento em mãos, colheu amostras dos grupos. Do controle, uma. Dos grupos dois e três foram duas amostras de cada um. Dessa forma, além de examinar as fêmeas que agiam fora do padrão, compararia os resultados com as que continuavam com o comportamento observador.

Quando a porta se abriu para o funcionário sair, o som a fez olhar para fora. Nesse momento, reparou na câmera externa voltada para a porta do compartimento. Em condições normais não teria nenhum motivo para ficar apreensiva. Contudo, se sentiu observada.

Ao invés de ir direto para o departamento de análises, retornou ao seu laboratório com o material.

— Julinha, me faz um grande favor? Leva esse material para o Hugo, do departamento de análises, e pede pra ele me ligar antes de dar entrada no sistema.

— Pode deixar comigo — respondeu Julia, se levantando para levar o material.

Pouco tempo depois, o telefone em sua mesa tocou.

— Oi, Laura. O que você quer com essas cinco amostras?

— Um hemograma e um toxicológico. Mas... eu preciso de um favor, Hugo. Tem como você não dar entrada nesse material?

— Você diz não fazer o registro no sistema?

— Exato. É possível?

— Hum... Vamos combinar o seguinte. Eu tenho que dar entrada pra fazer a análise. Isso não tem como eu não fazer. O que eu posso fazer pra te ajudar é não registrar o resultado no sistema. Pode ser assim? — perguntou Hugo.

— Perfeito! Fico te devendo essa.

— Tranquilo. Mais tarde te envio os resultados. Imagino que você queria o resultado por mensagem no celular, certo?

— Sim, por favor. Julinha te passa meu número particular. Obrigada, Hugo.

Depois do final do expediente, Hugo lhe enviou os resultados.

Das cinco amostras somente duas exibiam fortes alterações sanguíneas. Três apresentaram os mesmos padrões da fêmea do grupo controle, indicando não terem se alimentando com a droga. E com esse resultado só havia uma explicação. Duas fêmeas do grupo 2 e 3 haviam sido trocadas.

...

— Laura? — Jandira estranhou ao vê-la sentada na escada da portaria do seu prédio.

— Oi, Jandira. Podemos conversar?

— Claro! Aconteceu alguma coisa?

— Prefiro comentar lá em cima.

O elevador social estava parado para reparos. Por uma porta lateral Jandira a levou até o elevador de serviço. Ao descerem no andar, Laura observou uma pequena porta de madeira que destoava do restante do corredor, no material e no acabamento.

— Que portinha é essa? — perguntou Laura.

— É a nova caixa de visita dos cabos de telefone, internet, TV a cabo. Uma solução temporária da empresa que veio fazer obras de modernização.

— Caramba, estragou com a estética do corredor.

— Também achei, mas o síndico disse que eles vão trocá-la pra ficar de acordo com o estilo da construção.

Jandira abriu a porta de serviço. Dentro, assim que trancou a porta, ligou a luz da cozinha, pegou dois copos d'água e se dirigiram até a sala.

— O que aconteceu de tão urgente pra você me esperar sentada na portaria? — perguntou Jandira.

— Não quis te ligar. Estou com a cabeça confusa.

— Ok, Laura. Isso eu já percebi. O que houve?

Laura suspirou e disse:

— Duas cobaias da minha pesquisa foram substituídas.

— E... Qual o problema? Morreram?

— Não, Jandira. Alguém deve estar bisbilhotando o meu experimento. Elas foram trocadas. — Jandira cruzou os braços como se abraçasse a si mesma e baixou a cabeça. — Solicitei uma análise das que estavam agindo fora do padrão dos seus grupos, e o resultado mostrou que elas não tomaram a droga.

— Mas você disse que era praticamente impossível alguém suspeitar de alguma coisa.

— Sim. Isso que é estranho.

— E agora, o que você vai fazer?

— Evitar que, quem quer que seja, descubra ainda mais. Preciso cancelar o experimento. Tirar as outras cobaias que tomaram o 82/1. Só ainda não consegui pensar numa forma de fazer isso sem que eu chame mais atenção. Até porque, se alguém descobriu que eu menti, estou sendo vigiada — nervosa, Laura expirou fundo. — Fiquei muito segura de mim mesma.

— Calma. Vamos pensar. Como é o controle dessa área? — Jandira tentou se manter focada.

— A entrada do biotério é liberada por meio de biometria. O que torna impossível a minha entrada sem que eu seja observada.

— Você conhece alguém, de sua confiança, que possa fazê-lo?

— O Carlos, mas teria que cadastrá-lo como meu ajudante, no sistema. E assim que eu o fizer, ele passará a ser vigiado no biotério.

— E o cadastro, como é feito?

— A biometria é feita quando o funcionário entra na empresa. Cadastram sempre as duas mãos.

Jandira pensou e, à medida que foi desenvolvendo a ideia, disse:

— E se... ao invés de você autorizar... a entrada de um ajudante... nós trocássemos a biometria dessa pessoa pela de... uma pessoa que já tem autorização. Alguém não diretamente envolvido com a sua pesquisa.

— Brilhante. Se essa ideia não envolvesse burlar o sistema de biometria da companhia. Não tenho a menor noção de como isso seria possível, nem tenho ninguém que eu possa pedir para fazer isso — respondeu Laura.

— Mas isso... eu posso tentar! — disse Jandira, com um sorriso malicioso.

Na expressão facial de Laura estava estampado que a ideia não a havia convencido. Achou o plano improvável de dar certo. Ainda assim era o único plano que elas tinham no momento.

— Você sabe qual é o nome do sistema que vocês usam? — perguntou Jandira.

— Hum... Não sei de dizer. Uma vez, o rapaz da manutenção abriu no meu computador, uma tela com o nome... — Laura fechou os olhos se esforçando para lembrar — Putz! Não consigo lembrar.

— Não tem problema. Existem outras formas da gente descobrir. Você está com o seu *notebook*? — Laura respondeu que sim. — E você tem acesso à intranet da empresa?

— Claro! — Laura respondeu rapidamente e pegou-o da sua bolsa.

Antes de ligá-lo, Jandira pediu que Laura esperasse um minuto. Foi até o armário e pegou um pedaço de fita isolante.

— Pra que isso? — perguntou Laura, sem entender o porquê.

— Só por precaução — Jandira grudou a fita sobre a câmera acima da tela. — Não quero ninguém nos observando pela câmera. — Laura questionou se ela achava que alguém poderiam a estar vigiando pela câmera. — Pelo sim, pelo não, não custa prevenir. Não esqueça que vamos entrar no sistema da empresa — respondeu Jandira, pensando em todas as possíveis variáveis.

Laura entrou na intranet e virou a tela para Jandira. Em poucos passos, Jandira conseguiu chegar à tela de informações do sistema.

— Ozon! — disse Jandira. — Esse é o nome do sistema que a empresa usa. Tenho boas e não tão boas notícias.

— Manda! — disse Laura, inclinando cabeça para trás.

— É um sistema super conhecido. Muito usado por grandes empresas. Inclusive é o sistema da Hurech. É muito bom, bem parrudo pra proteção e segurança do sistema. Nele, em geral, são incorporados outros módulos secundários para que o Ozon gerencie. Resumindo, pelo pouco que eu entendo... o controle de acesso biométrico deve ser um módulo à parte. O que por um lado é bom, pois não deve ser tão complicado de se alterar. Você não consegue descobrir o nome desse sistema? — indagou Jandira.

— Ah... isso não é tão complicado. Mas e depois?

— Depois é depois, Laura. Continue a sua rotina no biotério. Se alguém estiver te vigiando, não vai perceber que já sabemos. Temos essa vantagem. Eu vou sondar um pouco mais sobre esse sistema. Assim que você souber o nome, me avisa. Enquanto isso, vai pra casa e pensa em alguma outra alternativa.

No dia seguinte, Laura sentiu-se mais confiante. Conseguiu com certa facilidade o nome do software de biometria, em uma conversa na portaria secundária. Quando um funcionário entrava para a companhia, a inserção no cadastro biométrico só podia ser feita no sistema dentro do departamento de recursos humanos. Porém após o cadastro, qualquer outra solicitação, como recadastramento, podia ser executada no sistema de controle da segunda recepção.

Com essas informações, Jandira procurou como o sistema principal deveria se comunicar com os módulos secundários. Esse era um ponto crucial para o plano que tinha em mente. A colegas de trabalho, perguntou a melhor forma de integrar um módulo ao sistema, sob o falso pretexto de querer desenvolver um.

— Só entro se você disser que tem boas notícias — disse Laura, superconfiante.

— Tenho um plano, mas temos que pensar muito bem como executá-lo. E você conseguiu pensar em alguma solução?

— Pra ser bem sincera, não. A única coisa que passou pela minha cabeça foi ir, na cara e na coragem, ao biotério e trocar as cobaias. Se estão me vigiando, não vai fazer muita diferença — disse Laura, bem desanimada.

— Ok. Essa será nossa última alternativa. Então me escuta com atenção.

Jandira começou a explicar o que tinha aprendido e as alternativas que surgiram na sua cabeça. Não era nada garantido. Em seu plano, outra pessoa de dentro do laboratório teria que ser envolvida. E esse era o primeiro problema. O outro era executar a operação de um computador interno.

— Por um computador interno... — Laura tentou imaginar como.

— Se eu fosse um mega *hacker*, talvez conseguisse de outra forma. Pelo seu rosto, você tem alguém em mente — Laura balançou a cabeça como quem dissesse que sim e não. — Sério, você tem ou não tem?

— Te respondo isso logo depois de discutir isso com outra pessoa. — Laura pegou o celular e fez uma vídeo chamada.

— Pra quem você está ligando? — perguntou Jandira, confusa com a atitude de Laura.

— Você vai ver. Chega pro meu lado. — A ligação completa. — Oi Cacá, tudo bem? Essa aqui é a Jandira. — Carlos não tinha a menor ideia do que estava acontecendo. Ficou perplexo com as notícias e chateado por Laura não ter dito antes o que estava acontecendo. Laura explicou o plano e Jandira passou a parte técnica de como pretendia fazer para alterar a biometria de alguém. — Você pode ser essa pessoa?

Carlos ficou calado por uns segundos e perguntou: — Qual a chance desse plano dar certo? — questionou Carlos.

— 50% de sim e os outros 50% você já sabe — respondeu Jandira. — Se eu não conseguir entrar no sistema e fazer a troca, eu saio de lá e fica tudo como está. Se eu conseguir, você será a pessoa a entrar no biotério e trocar as cobaias.

— Eu topo — disse Carlos quase como se não se importasse.

— Sério? — disse Laura num misto de animação e surpresa com a velocidade da resposta. — Você é meu salvador.

— O pior é a questão do sistema. Se conseguirmos fazer a troca, eu corro o risco.

Jandira levantou as sobrancelhas sem acreditar no que acabara de escutar. Havia algo a mais entre Laura e Carlos. Só então Jandira lembrou de onde conhecia o rosto dele. Das fotos da rede social da Lao Wang.

— Ótimo. Nesse caso, teremos que pensar de qual pessoa trocarei a biometria com a sua — disse Jandira. Carlos informou não ficar à vontade em ter sua biometria trocada com a de um pesquisador. Tinha que ser outra pessoa qualquer. — Entendo, porém, teremos que fazer com alguém já autorizado no sistema. Vocês conseguem pensar em algum outro profissional que não esteja dentro do biotério, na hora da troca? — perguntou Jandira.

Após a pergunta de Jandira, Laura imediatamente disse:

— Tem um funcionário que entrou de férias. Assim... pelo menos me disseram que era férias. Não sei quantos dias ele tirou.

— Verifica isso. Veja se ele ainda volta essa semana — respondeu Jandira, mais confiante. — Outra coisa, eu consigo autorização para entrar na área que vocês trabalham?

— Nos andares do subsolo, terminantemente não! — afirmou Carlos. — É a área mais segura do prédio. Ali só entra quem trabalha em algum dos laboratórios. Nos andares superiores é mais tranquilo. Talvez uma sala de reunião. — Jandira gostou da ideia e perguntou se ele poderia reservar uma. — Sim, existe essa possibilidade, só teremos que ver o dia que isso tudo será feito.

A conversa se arrastou por um bom tempo. Todos os riscos e possibilidades foram discutidos. Carlos, Laura e Jandira ainda teriam que resolver outras questões. A única certeza era que até o fim da semana o plano tinha que ser colocado em prática.

Na hora de ir embora, aguardando o lento elevador de serviço chegar, Laura disse:

— Obrigada, Jandira. Descansa, que amanhã ainda temos muito que fazer.

— Fica tranquila. Tudo vai dar certo — respondeu Jandira, tentando encorajá-la.

— Espero que sim — Laura baixou a cabeça. — Só não consigo entender como descobriram.

— Esse era o medo da Alessa, lembra? Ela falou isso.

— Foi a primeira coisa que eu lembrei. — O elevador chegou no andar. Laura abriu aporta e disse: — Diria que foi a Alessa.

— Por que ela faria isso? Teria que ter algum contato dentro da sua empresa, fazer uma denúncia e mesmo assim... O que ela ganharia com isso?

— Sei lá. — Laura torceu o rosto. — Paranoia de perseguição, talvez. Estresse. Mas honestamente... A verdade é que dia após dia o comportamento dela me incomoda. Talvez a minha implicância seja porque senti algo estranho no gosto dela. Algo que... pra te ser sincera, não gostei — confessou Laura.

— Nesse caso não tenho o que dizer. Isso é "sinestesicamente" pessoal demais. Vai descansar.

— Deixa pra lá. Com certeza estou misturando os canais. Beijo, Jandira. — Laura entrou no elevador.

Jandira não queria colocar mais lenha na fogueira. Conhecia muito pouco Alessa para fazer qualquer tipo de julgamento. Intuição ou não, desde que visualizara o número sem cheiro, sua sinestesia se ampliara. Sutis mudanças no odor corporal passaram a ser sentidas. Como se lesse as pequenas alterações químicas provocadas pelas emoções.

Sua dificuldade residia na falta de vivência para associar odores a emoções. Sentia estranhas alterações em Alessa e Laura, só não conseguia entender os significados.

SÉTIMO MOVIMENTO

QUATRO FÊMEAS ADORMECIDAS

No dia combinado, perto das nove horas, Jandira ligou para a universidade a fim de informar que não poderia ir trabalhar. Sua ausência seria sentida. Estavam na fase fim de entrega do projeto e as reuniões aconteciam quase que diariamente. Inventou estar passando mal pelo consumo de comida estragada.

No horário combinado, Jandira chegou ao Laboratório Laedys. Nervosa, sentindo seu corpo gelado, parou um instante diante da entrada, na tentativa de se acalmar observando a própria respiração.

Ao chegar na recepção, sorriu, disse seu nome e informou ter uma reunião agendada com o doutor Carlos Lima.

— Um instante, enquanto eu o localizo — disse a sorridente recepcionista. — Doutor Carlos. Uma senhora chamada Jandira está na recepção à sua procura.

— Ah, sim. Temos uma reunião agendada. Pode permitir a entrada. Reservei uma sala para conversarmos. Por favor, peça que ela aguarde na espera.

— Sem problemas, doutor. Qual foi a sala agendada? — Carlos disse o número da sala. — Hum... Deve ter havido algum engano. Essa sala já está ocupada com outra reunião.

Ao escutar a resposta, Jandira segurou a respiração e sentiu as pernas bambas. Sem o controle da situação, sua ansiedade só aumentava.

— Eu compreendo. — disse a recepcionista olhando para Jandira. — Doutor, deixe-me ver se eu consigo alguma outra sala disponível pro senhor. Aguarde só um instante. — Enquanto ela teclava a procura, os dois conversavam ao telefone. — Doutor Carlos, a sala de reunião 2-7 está desocupada até as treze horas. Não sei se o senhor já esteve nela. É pequena.

— Perfeito. Vou subir para buscá-la. Agradeço a sua ajuda.

— Imagina, doutor! Eu é que peço desculpas pelo erro na reserva.

No caminho, Carlos raciocinou ser mais interessante uma sala pequena. A procura devia ser menor. Embora o prédio contasse com esquema rígido de segurança, nenhuma dessas salas possuía câmera ou qualquer outro sistema de vigilância, justamente por serem locais onde assuntos estratégicos eram discutidos.

Os dois subiram as escadas rolantes até o segundo andar e foram direto para a sala 7. Logo que Carlos entrou, procurou o controle das persianas que davam para o corredor e as fechou.

Carlos sentou-se ao lado de Jandira e logou no sistema com a sua senha. Jandira tirou seu notebook da bolsa, o conectou ao de Carlos, e começou a trabalhar. Assim que conseguiu fazer uma rede local, começou a vasculhar no sistema uma forma de entrar no sistema da recepção.

— Nós só esquecemos uma coisa — disse Carlos nervoso.

— O quê?

— Quando descobrirem que o sistema foi invadido, verão que fui eu. Minha senha.

— Fica tranquilo. — Jandira espirrou aliviada que a preocupação fosse essa. — Já tinha pensado nisso, Carlos. O pedido partirá de um computador da segunda recepção, onde pode ser feito um recadastramento. Vai parecer um erro estúpido. Ninguém saberá que o comando partiu dessa máquina.

O tempo corria. Carlos, nervoso, observava o ritmo frenético que Jandira teclava. A todo o momento, por entre a persiana, verificava o movimento no corredor. Jandira mantinha-se compenetrada. Seus olhos estavam presos na tela. De vez em quando consultava a tela do outro equipamento. Quanto mais ele assistia o abrir e fechar das janelas no computador, mais ficava nervoso.

No laboratório L17, Laura executava sua parte no plano. Fingindo não se sentir bem, pediu a Julia que avisasse aos outros pesquisadores do laboratório, e a quem a procurasse, que sairia ao estacionamento para respirar um pouco de ar.

A ideia era engambelar quem a vigiava. No plano arquitetado, ela retornaria ao prédio antes de Carlos entrar no biotério. Esperavam, com essa ação, desviar as atenções para o seu movimento em outra parte do prédio.

Do lado de fora, Laura entrou no carro e reclinou o banco como se fosse descansar. Com seu celular na mão, mandou uma mensagem a Carlos avisando que aguardava o sinal para retornar.

Jandira conseguiu entrar no sistema biométrico. Com a tela aberta, chamou-o para ver a troca da biometria da palma esquerda de Carlos pela de Gilberti.

Com o passar do tempo, pediu a ela para acelerar. Antes de fechar a conexão, ela percebeu uma falha no esquema. Caso somente eles tivessem suas biometrias alteradas, isso entregaria Carlos. Ao invés de sair do sistema, ela abriu outra janela e começou a digitar linhas de comando para criar uma rotina e assim modificar, de forma aleatória, as palmas da mão esquerda de outros 11 funcionários do laboratório. Isso desviaria a atenção sobre Carlos. Contudo, caso algum funcionário fosse canhoto, haveria uma reclamação na segunda portaria. Improvável, mas não impossível. Carlos teria que correr.

Com sucesso, ela as embaralhou.

Encerram tudo e saíram com calma da sala 2-7. Carlos a acompanhou até o lado de fora do prédio. Andando pelo estacionamento, Jandira, com o celular na mão, acenou para ele. Este era o sinal que acabara de enviar mensagem a Laura para que ela retornasse ao prédio em quinze minutos.

Com o tempo cronometrado Carlos foi até a sua sala e polarizou os vidros. Com um pequeno *spray*, do tamanho de um batom, borrifou um leve sonífero em uma caixa dentro da sua gaveta, adormecendo quatro camundongos que ali estavam. Cuidadosamente, ele os colocou nos bolsos internos do jaleco e partiu para o biotério.

No corredor, a caminho do biotério, um colega da empresa acenou a ele mostrando querer falar. Agitado, olhou o relógio. Não podia perder nenhum minuto. Laura já devia estar na porta do prédio.

— Adil. Desculpe, mas não tenho tempo, agora. Tô na correria — disse Carlos, sem sequer parar.

— Claro... Depois passa na minha sala — disse Adil de forma compreensiva. Carlos, sem olhar para trás, levantou o braço confirmando.

Chegou apressado à porta do biotério, instintivamente estendeu a mão direita. Carlos era destro. Por sorte, antes de colocá-la sobre o sensor, ele a retirou. Respirando fundo, limpou a suada mão esquerda e a pôs para identificação. A porta abriu.

Estava perto da hora do almoço. O horário mais tranquilo no local. Caminhando serenamente, seguiu ao setor do experimento, observando se as câmeras o seguiam. Sem nenhum movimento suspeito, e antes que alguém entrasse no setor, pegou os quatro camundongos previamente marcados por Laura e os colocou para dormir.

Com a troca feita, só faltava retirar as cobaias do prédio, o mais rápido possível. O problema eram os aparelhos de raio-X, capazes de detectá-las nas portarias. Somente uma saída não possuía esse controle; a do lixo. E para passar por essa saída, no dia anterior, conversou com o auxiliar de limpeza.

William levava o lixo até as caçambas externas, no estacionamento. Fazia a limpeza dos banheiros no andar que Carlos trabalhava. Sem entrar em muitos detalhes, e com um pequeno suborno, combinou a retirada de uma mochila preta até a área externa do prédio.

Carlos arrumou suas coisas e avisou aos colegas que provavelmente não retornaria naquele dia. Com uma mochila preta nas costas, foi até o banheiro. Dentro, verificou as cabines. Todas estavam vazias. Na mais afastada da porta de entrada, ele se trancou. Sem perder tempo, retirou da mochila outra mochila idêntica, onde as cobaias adormecidas estavam em uma caixa. Fechou a tampa do vaso e colocou a mochila sobre ela. Em seguida, ligou para William recolher o lixo.

Preocupado que alguém entrasse e fosse até aquela cabine, esperou dentro dela até a chegada de William. Escutando o barulho dos sacos plásticos, saiu da cabine. Enquanto lavava as mãos, o observou ensacar a mochila.

Saindo do banheiro com o saco na mão, William caminhou até o carrinho de lixo no corredor de serviço, enquanto Carlos saia do prédio para o estacionamento.

William passava por essa portaria ao menos duas vezes por dia. Somente um segurança a vigiava, com o auxílio de duas câmeras. Uma no interior e outra do lado de fora, sobre a porta, que mostrava o caminho até as caçambas.

As caçambas ficavam próximas ao limite do estacionamento e eram rodeadas por uma cerca-viva de aproximadamente um metro e meio de altura, para escondê-las. Isso criava um ponto cego para a segunda câmera.

Do lado de fora, William abriu uma das caçambas, entretanto antes de descartar os sacos, tirou a mochila deixando-a no chão. Jogou o lixo fora e retornou tranquilo ao prédio.

No caminho até o seu carro, estrategicamente posicionado perto das caçambas, Carlos viu William entrando no prédio. Com sua mochila vazia na mão, caminhou fingindo digitar um texto em seu celular. Ao passar por elas, fingiu tropeçar, ao ver a mochila entre as caçambas, e as trocou. Caminhou até o carro e, assim que nele entrou, ligou para Laura.

— Lao? — perguntou Carlos em tom de alívio.

— Oi. Como vai? — Carlos entendeu que ela não estava sozinha.

— Tudo bem. Queria te convidar pra jantar. Temos boas notícias — disse Carlos.

— Ah! Que maravilha! Eu vou adorar. — Carlos informou que estava indo para a casa dela. — Ok. Eu tô um pouco enrolada aqui no laboratório, agora. Nos falamos depois. Beijo.

...

Cinco dias após a retirada das cobaias do laboratório, Alessa convidou as meninas para um encontro em sua casa, na parte da tarde. Alessa estava com saudade e queria vê-las. Em sua mensagem, disse querer relaxar e jogar conversa fora. Jandira aceitou o convite no mesmo dia. Laura relutou, mas acabou confirmando.

Laura ofereceu uma carona a Jandira e, para que não houvesse nenhuma contradição, combinaram como agiriam caso Alessa perguntasse do experimento. Obviamente, Laura seria a porta-voz das novidades. Jandira apenas escutaria. Não comentaria nada. Muito menos informaria sobre a suspeita de Laura estar sendo vigiada.

Às três horas da tarde chegaram ao prédio. Subiram e, ao abrir a porta do elevador no décimo oitavo andar, Alessa as recepcionou no hall do seu apartamento. O prédio tinha apenas uma cobertura.

— Que bom que vocês vieram. Por favor, entrem. A casa é de vocês.

— Trouxemos dois vinhozinhos para esquentar a tarde — disse Laura ao lhe entregar a bolsa.

— Obrigada. Fiquem à vontade. Vou colocá-los na cozinha e já volto.

As duas se olharam, não acreditavam no tamanho do apartamento. Enquanto Alessa não voltava, Laura caminhou até o terraço para apreciar a paisagem. Jandira a acompanhou. O prédio era o mais alto da área, defronte a um quarteirão com antigos prédios, todos de quatro andares, o que proporcionava à cobertura uma visão ampla com total privacidade.

Estava na última semana do inverno; porém a temperatura estava agradável. Alessa recolhera todas as portas da sala de estar para o terraço dando uma incrível sensação de continuidade e amplitude ao ambiente.

Alessa retornou com uma garrafa de vinho aberta e três taças. Ela as viu conversando no terraço e as chamou para se sentar nos sofás da parte coberta, logo após a sala. Alessa serviu o vinho e brindou com delas.

— Nossa que cobertura linda, Alessa. Você cresceu aqui? — perguntou Jandira, explodindo de curiosidade.

Alessa deu um sorriso chocho e respondeu que o imóvel era fruto de um acordo, durante o processo do divórcio, feito com seu ex-marido. Começou a falar da sua vida, do seu casamento e infância. Se abriu e, pela primeira vez, mostrou-se desarmada. "Quem é essa pessoa?", estranhou Laura, escutando atentamente a tudo que ela dizia.

Alessa tinha um passado tumultuado que a fizera erguer uma muralha para esconder os medos e fraquezas. Crescera numa família de classe média baixa que valorizava mais ascender socialmente do que fornecer valores, amor ou compreensão. Influenciada pelos pais, acabou escolhendo a pessoa errada para se casar na tentativa de mudar o seu destino. Sofreu abusos e transformou a própria vida num inferno, mas conseguiu ser forte o suficiente para consertar os erros.

De repente, a Alessa "forte" voltou.

— À tarde está muito gostosa pra eu estragá-la com as minhas histórias. Chega. Vamos falar de coisas boas. — Alessa sorriu.

Laura aproveitou o ensejo.

— Então, Alê. Você teve tempo de analisar os números da Jandira? — Alessa balançou a cabeça de forma positiva. — Descobriu alguma coisa interessante neles? — perguntou Laura.

— Tirando o que você tinha mencionado, nada. É impressionante a mistura de compostos nessa fórmula. Sinceramente — desviou o olhar para Jandira —, não consigo imaginar o quê a fez sentir esse cheiro no trabalho.

Laura levantou a sobrancelha ao escutar que Jandira havia mentido para Alessa sobre o local.

— Nem eu — respondeu Jandira sem graça.

— O que eu não entendi — disse Alessa a Laura — foi como você chegou à conclusão que as cobaias estavam mais inteligentes?

— Eu não disse isso. Nunca afirmei que estavam mais inteligentes. Elas apresentavam uma atividade acima do normal — reiterou Laura. — Disse que pareciam me observar.

— Talvez... podiam estar "viajando". Como você estava sozinha na sala, seu movimento pode ter prendido a atenção delas.

— É bem possível — Laura balançou a cabeça concordando com Alessa.

— A questão é: elas ainda continuam assim? Com esse comportamento?

— Não. Só consegui preparar uma pequena quantidade. Sem a continuidade da ração com a composição, nas últimas observações, o comportamento já não era o mesmo. Começaram a regredir.

— Você repetiu o exame da atividade? — perguntou Alessa com uma expressão de curiosidade.

— Não. Nem posso mais. — Laura notou a mudança na expressão de Alessa. — Encerrei o experimento.

Ao escutar sobre o encerramento, Alessa arregalou os olhos.

— Alguém na empresa descobriu o que você estava fazendo?

— Calma. Ninguém descobriu nada. Simplesmente decidi encerrar. Não é fácil conseguir as substâncias, sintetizar. Para uma pesquisa séria, precisaria ter tempo e recursos. Nitidamente os efeitos foram temporários. Pensei também nos riscos de continuar e... resolvi cancelar.

— Sua atitude foi muito arriscada. Ainda bem que você não teve nenhum problema — observou Alessa em tom de alívio. — Foi melhor assim. — Alessa ajeitou-se no sofá. — Só de curiosidade, como você fez para dosar a quantidade administrada?

Laura começou a rir.

— Alessa... chute calculado. — Alessa franziu a testa considerando uma atitude muito amadora para uma pesquisadora experiente. — Inferi a quantidade pelo peso corporal. Era um pequeno teste sem muita possibilidade de continuação. Pensei que talvez algo surpreendente pudesse acontecer, mas... — Laura levantou os ombros.

Alessa franziu a testa sem acreditar.

— O que eu não consigo entender é por que você se deu a esse trabalho todo por tão pouco?

— O que mais você quer que eu diga?

Alessa não insistiu. Pegou a taça de vinho e tomou outro um gole. Sem estar convencida, perguntou a Jandira onde, no trabalho, ela havia sentido esse cheiro.

— Na minha mesa. Como as divisórias lá no departamento são baixas, pode ter vindo de qualquer lugar.

— Se essa história não viesse de você, teria dificuldade em acreditar — disse Alessa. — E se... procurássemos um pesquisador para investigá-la? Lógico, um pesquisador sério — provocou Alessa — Pensa nisso, Dira. Conheço ótimos pesquisadores que adoram um mistério. Imagino que a Laura também tenha alguém de confiança com quem possa falar na empresa. Pensa direitinho.

— Posso tentar alguém na empresa ou entre os meus colegas — respondeu Laura.

Laura estava cada vez mais reticente em relação a Alessa. Isso ficou muito claro no seu discurso. No carro, contara que prosseguia com o experimento fora da empresa. Só não contou onde, ou como.

Embora não se sentisse mais tão à vontade com Alessa, talvez até pelas coisas que Laura a dissera, Jandira se perguntou se não era hora de arranjar ajuda externa para examinar a fórmula.

...

A conversa fluiu até o anoitecer. Principalmente depois que pararam de falar da fórmula.

— Meninas, são quase sete e meia. — Laura se levantou do sofá. — Tenho um jantar marcado.

— Fala sério!? Não tem como você desmarcar? — perguntou Alessa. — Estava pensando que vocês jantariam comigo.

— Infelizmente, hoje não vai dar. Já tenho um encontro marcado.

— Um encontro? — sondou Jandira.

— É. Toda vez que a gente marca com alguém é um encontro — disse Laura em tom sarcástico. — Jandira sinalizou com os braços ter entendido, encerrando as perguntas.

Contudo Alessa continuou:

— E esse alguém tem nome?

— É melhor vocês tirarem o cavalinho da chuva, senão ele vai ficar encharcado. É muito cedo pra comentar. Agora... se tudo der certo... o apresento as minhas amigas fuxiqueiras.

— Bom. Com esse argumento eu não tenho como competir. Vai lá — disse Alessa.

— Posso usar o lavabo? — Laura perguntou a Alessa.

— O lavabo está com um probleminha de vazamento. Usa o banheiro do corredor. É a última porta à sua esquerda.

Distraída, Laura seguiu o corredor até o final e, sem querer, abriu a porta à direita. Ao invés do banheiro, acabou entrando na suíte. Percebendo o erro, puxou a porta para fechá-la. De relance, avistou sobre o criado mudo a foto de um homem mais velho.

Por alguns instantes, observou a foto tentando imaginar quem era. Em sua cabeça, uma foto ao lado da cama significava alguém com quem se possui alguma relação afetiva. Segundo Alessa, não estava namorando, nunca mencionará ter nenhum irmão, e aquele, pelas roupas, não podia ser o falecido pai. A foto era recente. Mais estranho ainda seria se aquela foto fosse do ex-marido. Especialmente após as conturbadas histórias por ela mesma narradas sobre o relacionamento. Intrigada, fechou a porta e foi ao banheiro.

— Você também tá indo? — Laura perguntou a Jandira ao vê-la em pé conversando com Alessa, na sala.

— Sim. Ainda tenho um bando de coisas pra fazer em casa.

— Você quer uma carona até a sua casa?

— Se você puder me deixar no supermercado próximo da minha casa, agradeço.

— Ok, fujonas. Vamos combinar noutro dia um jantar aqui em casa? — perguntou Alessa.

Laura e Jandira concordaram e se despediram de Alessa.

No carro, conversaram sobre a ideia de procurar alguém que as pudesse ajudar na pesquisa. Jandira ficou surpresa com Laura. Não imaginava que ela também pensava em, futuramente, arranjar uma instituição ou pesquisador que quisesse investir nessa pesquisa.

Laura tinha plena consciência que não conseguiria ir muito longe executando os testes do jeito que ela estava. Se realmente a fórmula fosse algo interessante, poderia levar vários anos em pesquisa, consumindo grandes quantidades de recursos.

Contudo, chamou a atenção para um detalhe. Mesmo que procurassem alguém para continuar a pesquisa, precisariam apresentar algo mais concreto. Muito mais que um simples exame de atividade cerebral e uma simplória observação do comportamento. Precisariam mais que uma bizarra fórmula vinda através do olfato de uma mulher sinestésica. Seria necessário despertar a curiosidade científica do pesquisador. Assim, Laura pediu a Jandira um mês a mais para prosseguir com o experimento. Nesse tempo realizaria exames mais complexos para formular uma tese que atiçasse o interesse pela fórmula.

Sentia uma inexplicável sensação de importância nela. Algo transformador; revolucionário. Só o fato de conter uma super molécula na fórmula, até então desconhecida pelo mundo científico, já indicava a sua importância.

Jandira concordou.

SEMANA QUENTE

Na terça-feira, logo após o almoço, Jandira recebeu um e-mail solicitando que ela se dirigisse ao departamento de recursos humanos. Inexplicavelmente, havia sido demitida.

A justificativa fornecida fora o término do projeto e falta de outro onde pudessem encaixá-la. Entretanto, essa não podia ser a razão real, visto que somente ela, do projeto, estava sendo desligada. Outros, muito menos competentes e com salários bem maiores, continuariam com seus empregos. Além do mais, o departamento possuía alguns projetos em andamento, nos quais ela poderia contribuir muito.

Ainda mais estranho foi saber que a decisão não partira do seu chefe. O pedido viera do conselho-diretor. Bernald, seu chefe, chegou a interceder a seu favor, a um dos membros do conselho, argumentando a perda para a universidade caso ela saísse. Porém o conselheiro respondeu ser uma decisão estratégica.

"Estratégica? Como minha demissão poderia beneficiar a universidade?", pensou Jandira, atordoada com a notícia.

Não havia mais nada a fazer senão juntar suas coisas e ir para casa. Numa breve mensagem, avisou as meninas do acontecido. Laura ligou imediatamente. Queria saber como Jandira estava e pediu que ela enviasse seu currículo. Pouco depois, Alessa a chamou por vídeo chamada.

Durante a conversa, Alessa lembrou que Nikola lhe oferecera um emprego no centro de pesquisa e se prontificou em contatá-lo para ver se a vaga ainda estava aberta. Sem pensar duas vezes, já que desde que o conheceu não entrara em contato, aceitou a intermediação.

Na manhã seguinte, Dr. Nikola ligou perguntando se ela poderia ir até o centro na parte da tarde, para uma entrevista com os responsáveis da área. Jandira respondeu que sim e, no horário marcado, lá estava ela.

Jandira teve uma boa impressão do local. Bem equipado e com uma grande equipe de profissionais qualificados, o centro Esius Narques, ligado ao Hospital Alberto Petarus, referência em neurologia, se mostrava um lugar confiável para o seu crescimento profissionalmente. O salário era maior e o trabalho desafiador.

Apesar da inexplicável demissão, sentiu-se sortuda. Essa era a segunda vez que conseguira um emprego de um dia para o outro.

Tudo parecia se encaminhar, no entanto, a semana ainda reservava mais uma notícia bomba. Na quinta-feira foi a vez da Laura ficar com dor de cabeça. Um pedido formal de esclarecimento, vindo diretor geral dos laboratórios e do superintendente do biotério, questionava a importância do experimento por ela conduzido. Ela previa que a curtíssima duração pudesse suscitar algum pedido de explicação, só não imaginava que viesse de duas áreas diferentes.

OITAVO MOVIMENTO

ENCONTRO NO ZÉTE

A chegada da primavera convidava todos a se encontrarem ao ar livre, com dias mais quentes e manhãs menos gélidas. Os acontecimentos da semana pediam um momento de descontração. Para Jandira, nada melhor que espairecer num lugar calmo, com paisagem deslumbrante, sentindo os pequenos e deliciosos números do ar puro. E se nesse local ainda se pudesse comer uma boa comida... paraíso.

O melhor lugar na cidade com essas características era o Jardim Dunort. Uma imensa área transformada em um exuberante parque que ligava a cidade à reserva florestal de Caron, onde a grande atração era o lago que dava nome ao jardim.

O lago Dunort estendia-se por quilômetros num desenho sinuoso, reserva adentro. Suas águas cristalinas mostravam o fundo amarelo-esverdeado das bordas até o azul profundo. Tão límpidas, os peixes pareciam flutuar.

De beleza sem igual, o local era o preferido da grande maioria dos moradores para passear, praticar esportes ou simplesmente aproveitar o sol às margens do lago; o parque contava ainda com dois pequenos e charmosos restaurantes.

Jandira marcou de encontrar as meninas no domingo, por volta das onze da manhã, no bistrô Zéte. Um encantador bangalô reformado do século passado à beira do lago com um amplo deque de madeira circundando a construção.

Alessa e Jandira encontraram-se na recepção do bistrô, onde a recepcionista verificou a reserva e as acompanhou até a mesa do deque debruçada sobre a margem do lago.

— Bom dia, senhoras, sejam bem-vindas ao Bistrô Zéte, meu nome é Marlos e eu serei o garçom de vocês hoje. — Marlos entregou os cardápios. — As senhoras estão esperando por mais alguém?

— Sim. Uma amiga — respondeu Jandira, sorridente.

— Gostariam de uma bebida?

— Um suco de laranja, por favor — pediu Alessa.

— Pra mim também; com gelo, sem açúcar — respondeu Jandira.

— E... pode trazer também um *couvert* — completou Alessa. — Me desculpe não esperar a Laura, mas estou cheia de fome.

— Somos duas. Quando ela chegar, a gente pede outro.

— Que ideia maravilhosa a sua! O dia está perfeito; a temperatura, agradável; e o céu... sem uma nuvem sequer. Adorei! — disse Alessa admirando a vista.

Quando Jandira olhou para o lado, na direção de Marlos, que retornava com os sucos, avistou Laura se aproximando. No impulso, esticou-se na cadeira acenando para que ela as visse no deque. Laura, com um semblante cansado, a viu e também se esticou para fazer graça com ela.

— Bom dia, meninas — disse Laura ao colocar sua bolsa na cadeira ao lado de Alessa. Ela cumprimentou-as e se sentou ao lado de Jandira.

— Está tudo bem com você? — perguntou Alessa.

Laura balançou a cabeça desanimada.

— E aí! Como foi a tal reunião na empresa? — perguntou Jandira.

Laura bufou.

— Foi bem desgastante. Fizeram inúmeras vezes as mesmas perguntas de formas diferentes, esperando que eu caísse em contradição. Consegui me manter tranquila e sustentei as minhas razões tanto para a abertura quanto para o término do experimento.

— Então... foi só um susto. Tá tudo resolvido!? — perguntou Alessa.

— Diria que, por enquanto, engoliram. Não sei se está tudo resolvido. Estranhamente insistiram em certos pontos, certos detalhes que soavam como se soubessem mais do que demonstravam.

— Do tipo?

Laura desconversou e não respondeu à pergunta de Alessa dizendo estar cansada desse assunto da reunião.

— E como vai ficar a sua situação? — questionou Jandira.

— Por ora, acho que nada muda. Minha pesquisa está no meio. E com tempo, imagino que essa história fique para trás. Vamos ver. Mas me diga, e você? Que história absurda foi essa da sua demissão? — perguntou Laura a Jandira.

— É, põe absurda nisso. Vocês acreditam que... — Jandira continuou a falar sobre a demissão, pontuando as inconsistências nas explicações dadas.

...

Entretidas no papo, nenhuma delas percebeu a aproximação de um homem.

— Boa tarde, Jandira — disse o homem com uma voz grossa.

Jandira levantou a cabeça e viu o doutor Nikola.

— Nossa! Que coincidência o senhor aqui!

Alessa, ao ver quem era, levantou-se para abraçá-lo. Aproveitando a oportunidade, Jandira se virou para Laura no intuito de dizer quem era.

— O que houve? Viu um fantasma? — sussurrou Jandira ao ver a surpresa no rosto de Laura. Laura desconversou enquanto, por debaixo da mesa, rapidamente retirava as dedeiras.

Depois de Alessa de cumprimentá-lo, Jandira vez o movimento para cumprimentá-lo, mas Alessa, apontando para a mão dele, perguntou:

— Sua artrite melhorou, Nikola?

— Na verdade, não. — Ele baixou a mão — Essa semana tive que trocar a minha medicação. Peço desculpas, mas é realmente melhor eu evitar apertos de mão.

— Sem problemas. Eu não sabia que o senhor tinha artrite — Jandira recolheu a mão. — Laura, esse é o meu novo chefe, Doutor Nikola.

— Prazer em conhecê-lo — disse Laura, fazendo uma sutil reverência com a cabeça. — Estávamos falando agora a pouco da sua ajuda à nossa amiga.

— Então falaram errado. É ela que está me ajudando muito vindo trabalhar comigo.

— Poxa! Obrigada, doutor — respondeu Jandira, envaidecida.

— Bom... Só passei aqui pra dar um oi. Não quero atrapalhar a conversa de vocês.

— Que isso! Sente-se. Será um prazer tê-lo conosco — disse Laura.

— Muito obrigado. Mas marquei com dois amigos que já devem estar me esperando... — olhou de um lado para o outro. — Só não sei onde — disse ele rindo. — Vou dar uma olhadinha do lado de dentro. Mais uma vez, bom dia... e prazer em conhecê-la — disse ele a Laura.

Assim que ele se afastou, Jandira perguntou a Laura.

— Você conhecia o Nikola?

— Quem, eu? Nunca o vi.

— Então por que você fez aquela cara?

— Aí, Jandira. Que cara? Quando olhei, de relance, o confundi com um conhecido "chatérrimo". Só isso.

Jandira não se convenceu com a resposta. Sabia que ela não o tinha confundido com ninguém. Seu cheiro corporal se alterara, mais uma vez, ao responder que não era nada. Sentira o mesmo cheiro vindo de Alessa ao mencionar a artrite de Nikola. Além disso, lembrou-se que, dias atrás, o tinha visto cumprimentar várias pessoas sem reclamar ou fazer cara de dor. Não era a primeira vez que sentia esse cheiro vindo de Alessa e Laura. "Seria esse o cheiro da mentira?", pensou; e se fosse, "Por que mentiam?".

— Ele é bem simpático. De onde você o conhece? — perguntou Laura a Alessa.

— Ele é um antigo amigo; da época do meu casamento. Era amigo do meu ex-marido.

— Não é mais? — questionou Laura.

— Nem queira saber. É uma história muito deprimente. — Laura não insistiu. — Mudando de assunto. E o encontro do sábado passado? — perguntou Alessa em tom gaiato.

— É! Queremos os detalhes — completou Jandira.

— Ah! Gente. Sério? — disse Laura sem a menor vontade de comentar.

A história não foi longa nem apimentada. Mesmo assim, Jandira a escutou com atenção. Não solicitara detalhes à toa. Queria ver até onde a criatividade de Laura chegaria.

No sábado em questão, Jandira chegou em casa, guardou as compras e foi até a sacada da sala. Olhando a cidade, pensou no encontro de Laura e se imaginou no seu lugar. Sem querer, seus olhos se voltaram para o prédio de Laura. No apartamento, as luzes estavam acessas, e concluiu que o encontro seria lá.

Após lavar a louça do jantar, Jandira caminhou até a confortável poltrona de leitura. Sobre ela, perto da sacada, seu leitor digital. Dimerizou suavemente a luz da luminária de piso, um pouco mais atrás da poltrona, e se aconchegou com as pernas sobre o assento. Ligou o leitor, e esqueceu o mundo. De tempos em tempos, descansava a vista olhando as luzes da cidade e o apartamento da Laura. Somente depois de fazer um intervalo, e apanhar um copo d'água, percebeu que o encontro não tinha acontecido. Apesar das cortinas fechadas, a única silhueta, de um lado para o outro, era a da Laura.

Ao menos esse encontro no bistrô mostrou que, de fato, aquele era o cheiro exalado pelo corpo quando a pessoa mentia. O detalhe era que Laura só o exalou antes de narrar a história, e não durante.

...

Em casa, Jandira pensou nas mentiras sem propósito feitas pelas duas. No caso de Laura, por que não dizer que não houve o encontro? Mesmo a conhecendo tão pouco, não fazia nenhum sentido esse comportamento. Laura não ligava para o que os outros pensavam.

Como se de tanto nela pensar, Laura liga.

— Oi, Jandira. Posso te fazer uma pergunta?

— Lógico. O que você quer saber?

— O que a Alessa te disse sobre o doutor Nikola?

— Nada mais do que ela falou na mesa. Um colega do ex-marido que, após a separação, se transformou em um grande amigo.

— Assim... Por um acaso... Você sabe se ela tem um caso com ele?

— Hum... Não que eu sabia. Por quê?

— Tem alguma coisa nessa história. Ela tem uma foto dele no criado mudo.

— E?

— Você não acha, no mínimo, suspeito a foto estar ao lado da cama? Pensa comigo; é a primeira coisa que ela vê ao acordar. É muito... afetivo, entende? Só pode ser um namorado, ou um caso.

— Pensando dessa forma, você tem razão. Pode ser que exista algo mais. Mas continuo sem entender qual o problema disso?

— Nenhum! Ela pode ter caso com quem ela quiser. O que me incomoda é o comportamento dela. Não vejo sinceridade no seu discurso. Parecer ter sempre um motivo por trás de cada palavra, de cada atitude.

— Como assim?

— Vamos lá. Naquele sábado, do nada, ela decidiu se abrir; contar detalhes íntimos da sua vida. Um comportamento que sugere, minimamente, uma cumplicidade. Nitidamente ela queria criar laços, nos deixar mais à vontade com ela. No entanto, se essa aproximação fosse honesta, por que ela omitiria ter um relacionamento? Pior! Por que afirmar que está sozinha desde a separação?

— Ah... Sei lá! Vai ver ela tem vergonha de namorar o amigo do ex, ou não se sinta suficientemente confortável com essa relação. Mas daí a afirmar que ela tem uma segunda intenção... Viagem, né? Laura.

— Hum... Será?

— Já que estamos falando sobre ser verdadeira, me diz, por que você inventou a história do encontro?

— Eu não inventei a história. Eu tive um encontro... só não foi no sábado.

— Muito engraçadinha. Você mentiu quando... — Jandira se lembrou da estranha mudança de odor no parque. — Ah... Agora eu entendi. A mentira era só a data. Por isso teu cheiro se alterou só início da história.

— Que negócio é esse de alteração no meu cheiro?

— Faz um tempinho que a minha sinestesia está diferente. De alguma forma, ela tem se ampliado após eu ver o número sem cheiro. Os cheiros passaram a ser mais dinâmicos. Meu olfato ficou mais sensível às reações químicas corporais. Hoje, no bistrô, comprovei que essas pequenas alterações correspondem às emoções, sentimentos.

A informação que o 82/1 ampliara a capacidade sinestésica da Jandira, fez Laura cogitar novos rumos para a pesquisa. Aquilo era um dado importantíssimo e não podia ser ignorado.

— Jandira, isso muda muita coisa na condução da pesquisa. Putz! Se você tivesse me dito isso antes. Como você chegou a essa conclusão?

— Na hora que você pensou em mentir sobre o encontro. — Laura começou a rir. — O seu conflito interno alterou seu cheiro. Sentia essa mudança nas pessoas, mas eu não tinha nenhuma referência pra fazer a associação.

— Viu. Mesmo sem querer eu te ajudo. Sou superlegal, né?!

— Nossa! E como — falou Jandira com ironia.

— Sem querer retornar ao assunto, me diz: a Alessa também mentiu, não mentiu?

— Mentiu, com certeza. Mas tinha um outro cheiro junto quando ela mencionou a artrite nas mãos do Nikola.

— Eu sabia! Artrite... Aquilo foi só uma desculpa pra eu não sentir o gosto dele.

— Também achei que esse fosse o motivo. Agora, não se esqueça. Ela lê as pessoas pelas pequenas mudanças na cor da voz. Ela pode ter percebido a mentira que você disse.

— Eu tenho consciência disso. Exatamente por isso não inventei. Por isso contei sobre o último encontro que tive. Penso muito no que vou dizer, principalmente na frente dela.

— Não era melhor somente ter dito que não houve encontro?

— Seria mais fácil, com certeza. Mas preferi desviar a atenção dela.

— Hã... Desviar do quê?

— Da continuidade da pesquisa. Imaginei que mantendo esse discurso na cabeça dela, ela imaginaria que o meu foco estaria mais no afetivo, entendeu? Por isso insisti na mentira. Não queria que ela desconfiasse do experimento lá em casa.

— Você levou as cobaias pra sua casa? Como? Com que estrutura?

— Improvisei.

— Por que você não me contou nada?

— Ei! Eu disse pra você que iria continuar o experimento. Tanto é que te pedi mais trinta dias antes da gente procurar alguém pra nos ajudar.

— Eu lembro, mas você não comentou que as cobaias estavam na sua casa.

— E isso faria alguma diferença?

TENTANDO ENTRAR NA NOVA ROTINA

A primeira semana no novo emprego foi particularmente pesada. Jandira precisou se inteirar com a dinâmica, com os processos e os métodos que o centro de pesquisa utilizava. Tudo era diferente. Porém o pior seria se acostumar à cultura interna.

Na universidade Hurech trabalhava-se num sistema participativo onde cada pessoa contribuía com o seu conhecimento para o próprio grupo e para os outros. Dividiam as experiências, buscavam soluções em conjunto para todos os problemas. Lá a comunicação entre os grupos e entre os departamentos era incentivada.

No centro Esius Narques, a informação era compartimentada. Hierarquicamente e entre os grupos que as produzia. Isso resultava numa completa alienação do que era pesquisado em outro andar, ou na sala ao lado. Cada grupo só sabia da sua parte.

Mesmo não sendo uma pessoa extrovertida, sentiu falta do clima e da interação que existia na universidade. Aquele ambiente proporcionava uma sensação de conforto e pertencimento.

Alocada na equipe supervisionada pelo doutor Nikola, seu grupo tinha a tarefa de criar um módulo de diagnóstico auxiliar para o sistema existente no centro, utilizando redes neurais artificiais paraconsistentes.

O desafio era tão grande quanto excitante. Sabia que esse seria um grande aprendizado. Cercada de mentes brilhantes, o nível das discussões era elevadíssimo. Todos comprometidos em fazer o melhor trabalho possível. Todos muito profissionais e... Frios.

Dias depois, almoçando no refeitório do centro, sentou-se ao lado de uma simpática senhora, muito comunicativa. Seu nome era Renata e, coincidentemente, numa rápida apresentação descobriram que ambas eram ex-funcionárias da Hurech.

Pela conversa, percebeu que Jandira levaria algum tempo para se adaptar ao local. Há cinco anos, quando fora contratada, sentira a mesma dificuldade. Apesar de trabalharem em setores diferentes, Renata acabou se tornando sua companhia para a hora do almoço. Durante o expediente, mesmo que por apenas uma hora, esse encontro aliviava a sua angústia.

Em uma das conversas, Renata lhe explicou o porquê da pouca interação entre os funcionários. Apesar de não ser proibida, a grande maioria preferia não correr o risco de, numa conversa informal, deixar alguma informação sigilosa vazar. Além da demissão, prevista pelo contrato de confidencialidade, a empresa processava de forma implacável. Sempre que um empregado, recém-contratado, conversava sobre assuntos de trabalho, alguém rapidamente o alertava dos riscos desse comportamento contando histórias de ex-funcionários que perderam tudo por causa de um inocente comentário.

A cada encontro, ficavam mais à vontade. Além das conversas de trabalho, falavam das suas vidas. Jandira logo se sentiu confortável e comentou ser sinestésica.

— Ah! Então foi por isso que o Nikola te trouxe pra cá?

— Por causa da minha sinestesia? — retrucou Jandira.

— Sim!? Você não faz parte das pesquisas especiais dele?

— Não. — Na hora, Jandira lembrou-se do convite. Curiosa, indagou: — Você sabe o que esse grupo faz?

— Aqui ninguém nunca sabe nada ao certo. — Jandira lembrou-se do sigilo imposto pelo centro. — Há muito tempo rola um papo, pelos corredores, que nos laboratórios do décimo sétimo o Nikola coordena pesquisas de interesse estratégico não só para o centro. Dizem que algumas grandes empresas, de reputação suspeita, bancam as pesquisas que rolam lá no décimo sétimo. Mas isso tudo é especulação dos que insistem em fofocar. Eu prefiro nem escutar essas conversas.

— Até aí tudo que fazemos aqui é de interesse estratégico. As quantias investidas... devem ser estratosféricas. Acho ingênuo não imaginar que o financiamento venha de grandes empresas. Quanto a questão da reputação dessas, não tenho como dizer nada. Até porque, se nem sabem quem são as empresas, como podem afirmar esse tipo de coisa. Tirando esse terror psicológico, que eu não concordo, as pesquisas desenvolvidas nesse centro, poderão salvar muitas vidas.

— Sei disso. Concordo em número, gênero e grau com você. Mas quando me disseram... — contorceu o rosto — não deram essa conotação assim tão... altruísta. Esse é o problema daqui. Tudo é envolto em tanto mistério que até as boas intenções se tornam más.

— É exatamente isso que eu não gosto. É tanto medo e sigilo que tudo se torna maquiavélico — disse Jandira irritada.

Independente se as pesquisas tinham ou não propósitos escusos, Renata, sem querer, colocara uma pulga atrás da sua orelha.

E ela coçava. Durante toda a tarde sua mente fértil viajou no que poderia acontecer naquele andar.

Antes do final do expediente ligou para a secretária do doutor Nikola e pediu para falar com ele. Esperanza a informou que, em decorrência de uma reunião externa, ele saíra mais cedo. Entretanto, apesar da agenda lotada, tentaria um encaixe para ela no dia seguinte, desde que o assunto não tomasse muito tempo. Jandira lhe disse que o assunto era rápido, de interesse do doutor.

Na manhã seguinte bem cedo Jandira foi até o doutor Nikola e se ofereceu como voluntária para uma de suas pesquisas. Como já previa, ele aceitou na hora. Em minutos, animado com a notícia, ele montou um esquema para facilitar a sua participação. Quatro dias de trabalho por semana no projeto do módulo RNAP, e um na pesquisa. Dessa forma sua carga horária não seria aumentada e a ajuda, remunerada.

NO 17º ANDAR

No seu primeiro dia como voluntária, Jandira se apresentou na recepção do decimo sétimo no horário combinado. Após ser verificada a sua permissão no sistema, recebeu outro crachá que lhe garantia a entrada em áreas especificas do andar. Acompanhada pela recepcionista, foi levada até a antessala do doutor Nikola, onde Esperanza a aguardava.

Nikola a recebeu entusiasmado e fez questão de lhe explicar tudo antes de começar o procedimento. Jandira não viu nada de estranho ou tenebroso na pesquisa. Sentiu apenas um leve cheiro de mentira quando ele comentou sobre as possíveis aplicações. Contudo, imaginou que se tratava mais de uma incerteza do que propriamente uma mentira. Talvez, pensou ela, na tentativa de lhe entusiasmar com o projeto, doutor Nikola acabara falando mais do que ele próprio tinha certeza que conseguiria.

Antes de se dirigirem ao local, conforme a norma do centro, doutor Nikola lhe pediu para assinar outro termo de confidencialidade. Jandira já esperava por isso. Nada naquele lugar era feito sem compromisso de silêncio.

Uma coisa a deixou mais à vontade para assinar o termo; a cláusula de desistência. Nela, desde que não largasse no meio de um ciclo, poderia parar de colaborar no intervalo de um para outro. Segundo o doutor Nikola, cada ciclo possuía em média uma duração de quatro a seis meses.

O ciclo atual da pesquisa na qual entraria consistia na tentativa de duplicar a experiência sentida por um indivíduo em outro. E para isso era necessário mapear, com precisão, a sua atividade cerebral a diversos estímulos externos.

Com a colaboração de Jandira, doutor Nikola queria compreender como a sinestesia afetava o funcionamento do cérebro. Assim, a equipe montou um experimento baseado na inalação de cinco cheiros distintos, dos componentes químicos à complexidade da fórmula. Após sentir cada um deles, Jandira deveria descrever a sequência de dígitos visualizada.

Na segunda etapa três voluntários, dois homens e uma mulher, teriam seus cérebros induzidos à mesma atividade ao inalarem, uma a uma, cada substância. Esse ensaio tinha como objetivo verificar se algum deles também veria os mesmos números.

A preparação foi mais demorada do que imaginava. Após a ressonância magnética para criação de um modelo em três dimensões e formação de um modelo estatístico das suas ondas cerebrais, ainda teve que se submeter a mais um exame. Uma minuciosa medição da atividade cerebral, por regiões, a cada um dos cheiros.

Para coletar dados precisos, sem qualquer interferência externa do ambiente, a equipe vestia os colaboradores com vários equipamentos, dos pés à cabeça.

Começavam com um macacão, dos pés até o pescoço, que provocava uma suave compressão e dava, ao se deitar, uma sensação de se estar flutuando. Também usavam luvas rígidas conectadas a equipamentos, uma touca com eletrodos que era fechada por abaixo do queixo deixando somente o ouvido e o rosto de fora, um pequeno, porém potente, *headphone* que anulava todo e qualquer ruído, óculos que não permitiam a entrada de luz externa, uma máscara de inalação ligada por um tubo ao equipamento com as cinco substâncias. Por último, um capacete que cobria toda a cabeça.

Os óculos tinham a dupla função de nivelar os sinais vitais e limpar a mente. A equipe instruiu todos a inspirarem sempre que o pequeno *led* interno acendia, e a espirrar quando ele se apagava. Dessa forma, além de igualar o intervalo da respiração e os batimentos cardíacos, essa luz permitia que a mente se focasse somente na respiração.

Jandira pediu permissão para assistir à segunda etapa do experimento naquele dia. Doutor Nikola não fez nenhuma objeção, pelo contrário, ficou feliz com o seu interesse. Ao ser liberada, após a aquisição dos dados, ele a convidou para almoçar em sua sala enquanto a equipe preparava os outros três voluntários.

Após a refeição, Esperanza avisou-os que a equipe estava pronta para começar. Sem perder tempo, foram até a sala de controle, de onde, através de uma parede de vidro, poderiam assistir ao experimento.

Deitados, os voluntários esperavam atingir as mesmas condições fisiológicas que Jandira se encontrava na hora do mapeamento. Este procedimento era chamado de equalização dos sinais. No momento que um deles se alinhasse aos parâmetros, um alerta na mesa de controle correspondente àquele individuo indicaria o começo do teste. Mas isso podia levar algum tempo.

Enquanto esperavam, doutor Nikola mostrou-lhe a animação tridimensional de cada inalação por ela feita durante a primeira etapa. Podia-se girar, aproximar, ou mesmo entrar na estrutura do cérebro. Tudo em tempo real. A imagem daquele cérebro de cristal azul, às vezes manchado com violetas e verdes, contrastavam com grandes áreas internas que acendiam e apagavam em laranjas e vermelhos, enquanto pulsos de luz corriam de um lado para o outro em feixes dourados. Jandira ficou boquiaberta com as imagens e a tecnologia disponível no centro.

Com um sinal sonoro, o sistema iniciou o teste em um dos voluntários do sexo masculino. A princípio, ele descreveu a visão de *flashes* de luz e imagens desconexas. Progressivamente, com o aumento da complexidade química do cheiro, relatou imagens distorcidas e sua fala mostrou sinais de confusão mental.

As coisas se complicam quando os outros dois começaram a receber os estímulos.

Sem saber explicar o porquê, a única participante do sexo feminino narrou sentir uma tristeza profunda. A câmera infravermelho dentro dos óculos captou suas lágrimas. Um pouco mais adiante, ao recebeu o quarto estímulo olfativo, um forte mal-estar a deixou nauseada. Seus sinais dispararam e, sem ter tempo para reagir, vomitou dentro da própria máscara. Seu teste foi abortado.

Ao inalar o terceiro cheiro, o último voluntário apresentou tremores nas pernas e nos braços. Pelos monitores, seu organismo continuava sem nenhuma alteração significativa. Seu prolongado silêncio fez a equipe lhe perguntar se tudo estava bem. Com a voz esgotada, respondeu apenas se sentir extremamente cansado. Não tinha consciência dos tremores. Embora estivesse ali há menos de trinta minutos, sentia como se fossem horas. Ao receber o quinto e último estímulo seu batimento cardíaco despencou, fazendo-o desmaiar.

Após conversar com a equipe doutor Nikola a chamou para acompanhá-lo até o escritório. Pelo corredor, ele conversava sobre os próximos passos com um assistente. Jandira caminhava calada. Perturbada com as reações dos voluntários. Nem em seu pior pesadelo podia prever resultados como aqueles.

Sentada no escritório, ele percebeu que o rosto de Jandira tinha perdido a cor.

— Você está bem? — perguntou o doutor Nikola, já chamando Esperanza pelo telefone. — Por favor, um copo d'água gelada. Rápido.

— Eu... — suspirou angustiada. — Tô bem. Acho que minha pressão caiu.

— Tenha calma. Está tudo bem — Esperanza entrou no escritório. — Beba um pouco d'água; respire fundo.

— O senhor quer que eu ligue pra enfermaria? — perguntou Esperanza.

Jandira parou de beber e disse:

— Não, não. Não vai ser preciso. Só estou um pouco nervosa. Obrigada.

— Tem certeza? — perguntou Esperança. Jandira confirmou com a cabeça. — Beba devagar. Com licença — disse ela sorrindo. Doutor Nikola agradeceu enquanto ela saía da sala.

— Peço desculpas. O erro foi meu — disse Nikola. — Deveria ter lhe dito que essas situações podiam ocorrer. Essas reações que você presenciou não são incomuns. Principalmente em experimentos que envolvem alterações cerebrais. Devia ter lhe prevenido.

— Tudo bem, doutor. Realmente eu não esperava ver aquelas pessoas passando mal. De certa forma, me sinto culpada; com pena dos três. O senhor entende?!

— Entendo, mas você não tem nenhuma culpa.

— O senhor não achou perigoso o que aconteceu?

— Perigoso? Não — doutor Nikola sorriu. — Estava tudo sob controle. É claro que sempre existe um risco envolvido. Especialmente se levarmos em consideração o nível de estresse ao que seus cérebros foram submetidos. Era de se esperar que eles pudessem se sentir mal. Acredite em mim. Não causamos nenhum mal a eles. Agora eles terão toda a assistência necessária para uma pronta recuperação. Já, já, estarão prontas para outra.

— Outra? O senhor vai submetê-los a outro teste na sexta que vem?

— Não. Não é assim, Jandira. Primeiro temos que analisar os resultados. Só o repetiremos após entendermos melhor o que aconteceu. Teremos que fazer ajustes no procedimento. Só então faremos novos testes. E possivelmente com outras pessoas. Fique tranquila.

— Então... enquanto vocês estiverem analisando os dados, eu não preciso vir?

— Não. Pelo contrário. Sua presença é imprescindível. Precisamos fazer exames mais detalhados. Talvez, até marque alguns exames clínicos. Uma análise das vias respiratórias. Seria ótimo entendermos melhor essa sua capacidade olfativa.

— Entendi. — Jandira fez uma pausa e, curiosa, perguntou: — Sou a primeira com essa condição nas suas pesquisas?

— Você quer dizer sinestésica?

— Aham! — confirmou com a cabeça.

— Não! Você não é a primeira. Já trabalhamos com várias outras pessoas sinestésicas. A própria Alessa já me ajudou muito. Ela não conversou sobre isso com você? — perguntou Nikola.

Jandira revirou os olhos como se tivesse esquecido. Alessa nunca lhe dissera nada.

...

No hall dos elevadores Jandira encontrou com a voluntária que passou mal durante o teste. Seus olhares se cruzaram e, com um sorriso, se cumprimentaram. Ficaram ali, caladas, até o elevador chegar. A voluntária parecia estar melhor, mas ainda era possível perceber seu rosto abatido.

Assim que entraram no elevador e a porta se fechou, Jandira não resistiu.

— Com licença. Queria te pedir desculpas pelo o que aconteceu no experimento.

A voluntária não entendeu o pedido de desculpas.

— Como... Você é?

— Nossa! Esqueci que você não me viu. Eu estava assistindo na sala de controle. Você já estava deitada. Meu nome é Jandira.

— Marianne.

— Você já estava deitada quando cheguei à sala.

— Depois da preparação com todos aqueles equipamentos, fiquei totalmente isolada do mundo. Você é pesquisadora?

— Não.

— Então por que o pedido de desculpa?

— Foi a minha reação aos cheiros que eles tentavam reproduzir em você. Indiretamente fui eu quem a fez vomitar.

— Ah! Entendi. Você vomitou quando o inalou?

— Hum... Não — disse Jandira sem graça.

— Não esquenta. Não é a primeira vez que participo como cobaia em pesquisas — disse ela com simpatia. — Tenho pra mim que o medicamento, dado uma hora antes, é que me fez passar mal.

O elevador chegou ao térreo.

— Medicamento? Que medicamento?

— Não sei. Eles nunca dizem. Só sei que comecei a ficar tonta; grogue.

— Mas agora você está bem? — perguntou Jandira.

— Estou sim. Obrigada. Agora sou eu quem te pede desculpa. Eu tenho que ir.

— Claro. Prazer em conhecê-la — disse Jandira.

— Prazer. Tchau, tchau — respondeu Marianne.

Jandira saiu do prédio pensando: "Que medicamento foi esse que eles tomaram? Por que o Dr. Nikola não disse nada sobre isso quando me explicou, passo a passo, o procedimento?"

VERITAS ABSOLUTA

Nesse mesmo dia à noite, Jandira lembrou-se que o prazo para Laura descobrir algo que instigasse a curiosidade de um pesquisador havia acabado. Fazia três semanas que começara a trabalhar no Esius Narques e, durante esse período, pouco se falaram. A última conversa foi ao telefone, uns dez dias atrás.

Seu celular estava fora da área de cobertura e o telefone fixo caía direto na secretária eletrônica. Era sexta à noite, o apartamento estava escuro. Jandira imaginou que ela tivesse tirado a noite para espairecer, pois andava trabalhando de forma obsessiva na fórmula.

Algum tempo depois o celular tocou. Um e-mail chegara na caixa postal do blog. Sua preocupação em se adaptar as coisas no novo trabalho a afastara por completo do "Percepções Cruzadas". Sem perder tempo, até para não deixar a preguiça chegar, preparou um lanche e se sentou à mesa da sala com o *notebook*.

Verificando a caixa postal do site, o e-mail recebido tinha como remetente "Veritas Absoluta". Na hora pensou que era um vírus. Contudo, antes de apagá-lo, seus olhos correram a linha e na coluna do assunto estava escrito: "Informação importante sobre a sua demissão". Coincidência? Talvez. Mas é assim que uma pessoa acaba infectando o equipamento.

Antes de abrir a mensagem, verificou de onde esse e-mail partira. Pelo endereço de IP, ele havia sido enviado de dentro da Hurech. Isso triplicou a curiosidade. Não poderia ser coincidência. Podia ser uma brincadeira de mau gosto ou um computador de um ex-colega contaminado, espalhando um vírus a todos da lista de contatos. Curiosa, escaneou a mensagem. Nada. O e-mail estava limpo.

Jandira abriu a mensagem.

"Sua demissão fez parte de um acordo entre a Hurech e um de seus principais colaboradores financeiros. Uma lista foi apresentada como condição para a continuação dos investimentos, e nela, um dos itens era a sua demissão. O conselho nada pode fazer para manter o seu emprego. Em anexo envio a imagem que comprova a existência da lista. Tome cuidado. Você se tornou uma peça importante para eles."

No anexo havia uma foto de celular. Sobre uma mesa, em um dos papéis, era possível ver parte da lista com o nome "Jandira". Ao lado, dentro de parênteses, a palavra demitir.

Desde o início essa demissão não fazia sentido. Jandira tinha plena consciência que não tinha feito nada para aquilo. O motivo não podia ser trivial. Chegou a imaginar que o motivo era substituí-la por alguém apadrinhado. Mas um investidor impor a sua saída como condição para um acordo era demais.

Existia ainda outra possibilidade. Esse e-mail podia ser uma brincadeira de extremo mau gosto, perpetrada por alguém da universidade. E se fosse, não ficaria surpresa. Sua competência incomodou algumas pessoas dentro do departamento.

Releu duas, três, quatro vezes procurando algo que lhe desse alguma ideia de quem estava por trás da mensagem. Olhou atentamente a foto. Procurou um nome, uma pista nos papéis sobre a lista e na mesa. Nada.

Na imagem, um pouco mais ao fundo, um envelope dobrado mostrava parte de um logo. Tentou aproximar dando um *zoom*, mas a qualidade, que já não estava boa, piorou ainda mais. De qualquer maneira, desenhou-o num papel a parte que ela conseguia identificar.

De forma geral, o logo parecia ser um círculo formado por duas linhas entrelaçadas com um texto sobre elas. Na parte visível do centro, uma forma sinuosa afinando até a ponta lembrava a cauda de um réptil sobre as letras V e I. Embora houvesse um texto sobre as linhas, as letras de pequeno tamanho e o desfoque da imagem não permitiam a sua leitura.

Jandira abriu o browser e começou uma pesquisa por imagens. Mal iniciara a busca, e o *pop-up* do programa de videoconferência apareceu na tela. Era Alessa lhe chamando. Por um segundo, pensou em não a atender.

— Oi, Dira. Tudo bem? — perguntou Alessa.

— É... Tudo bem — Jandira respondeu desanimada.

— Tenta de novo. Sua cara não me convenceu.

— Deixa pra lá, Alessa. O que você quer?

— Uau! — Alessa arregalou os olhos. — Por que esse tom? O problema é comigo?

— Não. — Jandira pensou e resolveu tirar a limpo a informação dada por Nikola. — Na verdade, parte é com você, sim.

— Então me diz, o que foi que eu fiz?

— A pergunta deveria ser o que você não fez.

— Dá pra explicar?

— Por que você não me disse já ter participado das pesquisas do Dr. Nikola?

— Meu Deus! É por isso? Dira. Isso foi... séculos atrás. Por que essa chateação toda?

— Simples. Você me apresentou a ele, me incentivou a ajudá-lo, ligou pra ele quando eu fiquei desempregada. Será que em nenhum momento você lembrou de comentar essa participação?

— Foi há tanto tempo que... Enfim, qual a relevância disso? Ajudei um amigo que já me ajudou muito.

— Pode ser paranoia minha, mas às vezes suas omissões me deixam...

— Omissões? Hum... E quais foram essas outras omissões? — perguntou Alessa.

— Na sua casa, por exemplo. Você comentou sobre a sua vida, mas não contou ter uma relação com o Nikola — disse Jandira como se ela tivesse visto o retrato no quarto.

Alessa franziu a testa tentando entender.

— Você tá querendo dizer que... — Alessa revirou os olhos e soltou a respiração. — Eu e o Nikola? De onde você tirou essa história?

— Do retrato, na sua mesinha de cabeceira. — Irritada, Jandira nem percebeu que acabara de entregar a fofoca de Laura. Jandira não passou pelo corredor, nem foi ao banheiro.

— Qual o problema de eu ter a foto dele? Se você achou estranho, por que não me perguntou na hora? Para o seu saber, naquele dia, que vocês vieram aqui, a minha diarista tinha arrumado a casa e acabou deixando a foto dele fora do lugar. Tenho várias fotos sobre a minha cômoda. Ele é meu amigo de longa data. Eu disse isso várias vezes. — Alessa parou e questionou: E se eu tivesse, qual o problema?

— Nenhum. Eu só estou cansada de mentiras.

— Mentiras. Eu nunca te vi assim. Me diz, o que está te afligindo?

— Nada, Alessa — respondeu Jandira de forma ríspida.

— Fala logo, Jandira. Eu te conheço.

Jandira suspirou forte.

— Acabei de receber um e-mail anônimo dizendo que a minha demissão foi uma exigência de um financiador da universidade, e que eu tomasse cuidado com as pessoas ao meu redor.

— Nem vou entrar na questão pessoal. Estou vendo que você não está legal. Mas esfria a cabeça. Isso deve ser um trote. E de extremo mal gosto.

— Sei que parece, mas... Ninguém na universidade quis me dizer a verdade. Talvez, esse seja o motivo. Para mim falaram em redução de custos, mas ninguém mais da equipe foi demitido. Só eu fui! — À medida que Jandira falava, sua voz aumentava. — Além disso, e para completar, estou detestando o ambiente no centro de pesquisa.

— Calma. Você está estressada; jogando tudo dentro do mesmo saco. Respira.

— E não é para estar? Não faço mal a ninguém — suspirou — por que essa sacanagem comigo?

— Dira, você quer que eu vá aí? — Jandira respondeu que preferia ficar sozinha, tinha muita coisa em que pensar. — Tá certo. Tente manter a calma. Qualquer coisa me chama.

— Desculpe, te acusei sem razão. Recebi o e-mail minutos antes de você ligar.

— Nem se preocupe. Eu entendo. É nítida a angústia na cor da sua voz.

— Ok, Alê. Vou tomar um banho.

— Faça isso! Fique um tempinho embaixo do chuveiro para relaxar. Boa noite.

— Vou sim. Boa noite.

Jandira terminou a conexão e voltou a pesquisar o pedaço da imagem do logo.

NONO MOVIMENTO

COLOCANDO NUM OUTRO NÍVEL

O interfone tocou na casa de Jandira.

— Quem é? — perguntou ela.

— Sou eu, Laura.

Jandira apertou o botão para liberar a entrada e foi até a porta da sala para recebê-la. Enquanto a esperava, imaginou que ela tivesse ouvido os recados e decidido ir direto a sua casa para conversar. Eram duas e dez da tarde.

No painel, acima da porta do elevador, a luz estava parada. Estranhando a demora, foi até a porta e encostou o ouvido na grade. Sequer um ruído. Nem do maquinário, nem da porta pantográfica no trilho.

De volta ao apartamento, escutou a campainha da porta de serviço e pensou: "Ué! Será que o social parou de novo?" Pelo olho mágico, mesmo sorrindo, percebeu o semblante abatido de Laura. Do jeito que a conhecia, Laura devia ter passado noites e noites em claro pesquisando a droga.

Assim que entrou, deu-lhe um longo abraço. Seu corpo estava mais quente que o normal, mas o que chamou sua atenção foi o seu odor. Não que os números que a definiam tivessem mudado. Porém, outras longas sequências de dígitos exalavam do seu corpo.

— Que carinha é essa, amiga? — perguntou Jandira preocupada.

— Nada. Só muito cansada. Desculpa eu vir sem te avisar.

— Besteira. A casa é sua.

Jandira a convidou para entrar. Podia ser apenas uma impressão, mas até o seu andar estava diferente. Um pouco mais largado do que de costume.

Na sala, Laura se encaminhou até o grande sofá. Tirou a sandália, dobrou as pernas sobre o assento e se aninhou nas almofadas. Jandira sentou-se na outra ponta do sofá, virada para ela.

Segurando sua mão, Jandira disse:

— Estou achando você bem caída; com a pele quente. Você está com febre?

— Não. Deve ter sido o sol no caminho. Vim a pé.

— A pé? Por quê? Tem sempre vaga aqui na rua.

— Queria caminhar. Ver o dia, o movimento das pessoas.

— Entendi — disse Jandira sem realmente entender. — Você pegou os meus recados?

— Não — Laura tirou o celular do bolso.

— Seu celular está desligado desde ontem?

— Ontem... Não me lembro se eu peguei nele ontem — Laura tentou ligá-lo, mas se distraiu ao perguntar: — Qual foi o recado?

— Tem certeza que você está bem?

— Tô bem — disse Laura enquanto colocava o celular na mesinha de apoio lateral. — Só passei aqui pra ficar um pouquinho com você... Conversar. — E o trabalho, como está? Já se acostumou?

Jandira não sabia o que estava acontecendo, mas entendeu que, naquele momento, Laura precisava mais de uma amiga do que qualquer outra coisa. Apesar da sua curiosidade no progresso da pesquisa do número sem cheiro, resolveu não tocar no assunto até que entendesse o que se passava com ela.

Falou, falou e continuou falando. Laura, com a cabeça apoiada no encosto do sofá, escutava a tudo sem interromper. Contou tudo, ou quase tudo, que acontecera nas últimas semanas. Evitou apenas as novidades que pudessem chateá-la; o e-mail sobre a demissão, ou a conversa com Alessa. Foram vários minutos falando. Com a garganta seca, foi até a cozinha apanhar água para as duas.

— Tenho novidades sobre o 82/1 — disse Laura após terminar o copo d'água.

— Espero que sejam boas.

— São... Quero dizer, acho que são. — Laura sorriu. — Descobri que essa... fórmula, essa substância tem um potencial gigantesco. É só uma percepção inicial que eu tenho; a ponta de um *iceberg*. — Jandira arregalou os olhos com a frase e balançou as mãos pedindo que continuasse. — Só não sei como o mundo vai lidar com essa... revolução.

— Como assim, revolução? — perguntou Jandira, achando Laura muito dramática.

— Falei e não disse nada, né? — Falando lentamente, Laura continuou. — Logo depois que a gente saiu da casa da Alessa, te pedi um mês, certo? — Jandira concordou balançando a cabeça. — Na primeira semana e meia continuei a investigação lá em casa. Em termos comportamentais, estava claro que existia uma relação direta entre a quantidade de 82/1 e o desenvolvimento da capacidade... intelectual. Os exames da atividade cerebral já tinham confirmado isso. Porém, eu necessitava de uma análise... mais minuciosa, uma na qual eu pudesse verificar as alterações físicas.

— E... — disse Jandira com a pausa demorada de Laura.

— Aí, eu pedi a um amigo... uma autópsia detalhada em cada uma delas.

— Morreram?! — Jandira se arrepiou.

— Não. Foram sacrificadas.

— Que crueldade, Laura.

— E como você acha que eu me senti? Em um certo nível, sabia que elas me entendiam. Mas... não tinha outro jeito. Tinha que verificar os efeitos da droga no organismo. E olha... Foi muito bom eu ter feito isso. Os resultados... foram desconcertantes. — Sobressaltada, Jandira pediu mais informações. — Na quantidade e diversidade das alterações. Pra você ter uma ideia, o número de conexões era bem maior do que normalmente se encontra naquela espécie. A membrana plasmática, que envolve os axônios, estava bem mais densa; o que proporcionou a elas um aumento significativo na velocidade das transmissões. Agora, o que realmente me deixou de queixo caído, foi o surgimento de uma complexa estrutura entre os dois hemisférios do cérebro, diferente de qualquer outra já vista.

— Um tumor?

— Não era bem... um tumor. Era mais uma mutação. A estrutura, além de se conectar a todas as regiões do cérebro, era formada por neurônios com mais de um axônio.

— Que bizarro! — disse Jandira maravilhada. Laura balançou, concordando. — Você guardou os resultados?

— Lógico, Dira. Guardei tudo. Inclusive os não tão bons.

— E quais foram os "não tão bons"?

— É... Tudo tem um lado bom e um lado ruim. Mas tenho certeza de que essa parte ruim pode ser resolvida. Aparentemente pra alcançar esse "upgrade", é necessário manter um nível de 82/1 constante no organismo. O problema é que a toxicidade da droga se acumula em órgãos como rins e fígado. Infelizmente, apesar do cérebro se tornar uma supermáquina, no curto/médio prazo, o 82/1 acaba se tornando fatal. Ou seja, se eu não tivesse decidido sacrificá-las, em três ou quatro dias mais, elas estariam mortas.

— Nossa! Isso é exatamente o que nós precisávamos. Quero dizer... fora a parte ruim. Não tem como um pesquisador não se interessar com esses resultados. Agora o que faremos. Qual o nosso próximo passo?

Laura olhou de uma forma estranha. Perguntou se Jandira confiava nela. Jandira disse que sim e pediu que ela falasse logo, sentindo que algo mais pesado estava por vir. Laura, então, pediu para ela não ficar nervosa, pois o que falaria tinha uma explicação racional. Nesse momento, já com os nervos à flor da pele, Jandira disse "Para! Fala logo"

— Depois de muito pensar, calcular, analisar e comparar... acabei percebendo que a solução só poderia estar dentro da própria fórmula do 82/1. Só ela poderia mostrar o caminho.

— Como assim, caminho dentro da própria fórmula?

— Se a fórmula aumenta a inteligência, uma pessoa seria capaz de consertá-la. Minha maior preocupação, meu trabalho, foi encontrar uma razão segura entre a quantidade diária ingerida e o aumento da capacidade cerebral, antes que a toxicidade se tornasse um problema. Sendo assim... — Laura respirou fundo — Eu a tomei.

Jandira surtou como uma estátua. Não conseguia falar, nem se mexer. Seus músculos retesaram. Seu corpo gelou e por instantes sentiu como se fosse desmaiar. Tantos pensamentos povoaram sua mente, mas somente um ela teve força para dizer: "Quanto tempo?".

Laura estranhou a pergunta.

— Você tá perguntando há quanto tempo eu comecei a tomá-la?

— Não. Quero saber, pelos seus cálculos, quanto tempo você tem para achar uma solução, antes de...?

Laura não esperava uma pergunta tão direta. Foi como uma bomba de realidade reverberando nas suas análises e comparações. Em sua mente, tinha certeza de que descobriria uma forma de consertá-la antes de lhe causar algum mal. Jandira sentiu um número diferente exalando da pele de Laura; talvez esse fosse o do medo.

Para minimizar a sua inconsequência, Laura tentou convencê-la que com exames clínicos regulares conseguiria controlar os maléficos efeitos colaterais antes que algo irreversível viesse a acontecer. No seu discurso, tudo estava controlado. Mostrou até o hematoma no braço esquerdo causado pela coleta de sangue.

— Nem consigo dizer o quão estúpido e irresponsável foi essa sua atitude. Sei o quanto você é curiosa, aventureira, mas isso é brincar com a própria vida; é suicídio. Não passou em nenhum momento por essa sua cabeça que, apesar de todos os seus cálculos, a droga possa reagir diferente no corpo humano e te causar... um infarto fulminante? Isso sem falar na carga de culpa e remorso que você acabou de colocar em mim. Fui eu quem te passou a fórmula. Você nunca... Nunca devia ter tomado uma decisão como essa sem me perguntar. Laura... O que foi que você fez?

Laura baixou levemente a cabeça.

— Entendo a sua preocupação e... te peço desculpas. Mas eu sinto algo muito especial por trás dessa droga; e agora... Eu sei. Eu vejo.

— E o que você vê, Laura? — perguntou Jandira irritada.

— Vejo a ponta do *iceberg*. Uma descoberta impossível se os testes continuassem somente em animais. Só um ser humano seria capaz de narrar o que estou experimentando.

Desse ponto em diante, Jandira não sabia mais o que pensar, ou mesmo o que dizer. Com suas palavras, Laura explicou que a evolução intelectual, causada pela modificação da estrutura cerebral, a libertara da percepção imposta pelas limitações físicas do cérebro. Isso lhe permitia entender com naturalidade, outras dimensões. Embora o discurso fosse lisérgico, não aparentava estar confusa, pelo contrário, falava com clareza e convicção.

Num determinado momento Jandira a interrompeu. Precisava ir ao banheiro. Sua cabeça não conseguia mais processar nada. Não queria ser rude. Não acreditava que aquilo estivesse acontecendo. Estava preocupada com a saúde e com os possíveis danos que a droga já podia ter causado a Laura.

No banheiro lavou o rosto e se olhou no espelho enquanto pensava no que ela faria. Sua boca já estava novamente seca. Respirou fundo. Passando pela sala, antes de pegar outro copo d'água, perguntou:

— Quer mais água?

Laura não respondeu.

— Lao? — chamou Jandira em um tom mais alto.

Laura não se mexia. Parecia ter cochilado no sofá. Jandira se aproximou e a chamou novamente. Sem resposta. Seu coração acelerou. Chamou-a mais uma vez dando lhe tapinhas no braço. Nada. Em pânico, balançou-a na tentativa desesperada de fazê-la acordar. Ela não reagia.

Nervosa, tentou tirar a pressão, mas não conseguia sentir o pulso. Pensando rápido, pegou o descanso de copo metálico e o colocou perto do seu nariz. A fraca respiração embaçou o metal. Laura estava viva.

Aflita, sua primeira ideia foi falar com Carlos. Apanhou o celular de Laura e percebeu que ele ainda estava desligado. Assim que o sistema carregou, na tela de entrada, foi solicitada a identificação por digital. Puxou a mão de Laura colocando seu dedo no sensor. Na agenda de contatos achou o telefone. Nada. Carlos não atendia. Depois da segunda tentativa deixou recado para que ele entrasse em contato com máxima urgência.

A situação estava fora do seu controle. A última coisa que ela queria, naquele momento, era ficar sozinha. Mesmo sabendo que Laura não ficaria feliz, ligou para Alessa. Por sorte ela atendeu de primeira. Sem entrar em detalhes pediu-lhe que corresse até a sua casa, pois Laura não estava se sentindo bem.

— Dira, me deixa falar com ela? — Alessa percebeu, na cor da sua voz, o pânico.

— Alê, ela... — Jandira não aguentou e disse a verdade — tá desmaiada.

— O quê? O que houve? — perguntou Alessa assustada.

— Vem logo, por favor!

Enquanto esperava Alessa chegar, esticou-a no sofá, colocando suas pernas sobre as almofadas. Desmaio, sono profundo, ou o que quer que fosse, sete minutos já tinham se passado e Laura continuava inconsciente. Mesmo sem saber o que dizer, decidiu ligar para a emergência. Porém, antes que a atendessem, Laura deu sinais de que voltava a si.

— Laura, Laura — chamou Jandira.

Laura balbuciou algumas palavras, ainda confusa.

— Laura. Sou eu, Jandira. Você desmaiou amiga.

Laura engoliu em seco.

Jandira correu até a cozinha para pegar água. Aos poucos ela se levantou e sentou-se com a cabeça baixa, apoiando seu corpo com as mãos no assento.

— Toma, tá geladinha.

Laura encostou no sofá para beber.

— Odeio quando eu apago — disse com a voz fraca, segurando o copo com as duas mãos sobre seu colo. — Essa sensação... de que mundo é esse, ao voltar, é terrível.

— Laura. Por que você fez isso? — disse Jandira quase chorando de nervoso.

— Calma — disse Laura ainda zonza. — Isso tem acontecido nos últimos dias.

— Meu Deus! Olha o problema que você causou a si mesma?

— Não tem perigo. Sinto quando vai acontecer. Apago, mas volto rápido. É como se o meu cérebro precisasse reiniciar. Faz parte da mudança.

— Como você pode dizer que não tem perigo?

Passado algum tempo, o Interfone tocou.

— Quem será? — perguntou Laura.

— Só um segundo, Lao.

Jandira liberou a entrada da Alessa.

— Nem adianta ficar chateada comigo. Chamei a Alessa. Até tentei falar com o Carlos, mas ele não atendeu.

— Ah! Tudo bem. A culpa é minha. Devia ter te avisado sobre os apagões.

— Devia não ter tomado, isso sim. Você quase me matou do coração.

— Desculpe. Não tive a intenção.

— Deixa pra lá. Já passou. Mas agora... vamos ter que contar a verdade. Ela sabe que você desmaiou e vai querer saber o motivo.

— Você disse mais alguma coisa?

— Não. Só deu tempo de falar isso.

— Deixa comigo. Me arranja um pedaço de papel e uma caneta?

— Ahn... — sussurrou Jandira. Laura gesticulou querer escrever.

Mesmo sem compreender o motivo, buscou-os no meio da bagunça da sua mesa de jantar onde, pouco antes, trabalhava. Com eles, em seu colo, Laura começou a desenhar.

A campainha da sala tocou.

"Será que o elevador social voltou a funcionar?", pensou Jandira enquanto caminhava até a porta.

Alessa entrou e largou a bolsa sobre o móvel perto da entrada, enquanto ia na direção de Laura.

— O que houve com você? — perguntou ela, agachando-se à sua frente.

— Já te conto. Deixa eu terminar isso aqui. É importante — disse Laura.

Alessa se levantou e olhou para Jandira, que levantava os ombros como quem dissesse que também tão pouco tinha entendido. Tão logo terminou, Laura entregou o caderno a Jandira. Na folha, o desenho de várias formas geométricas com uma série de setas que uniam bolinhas numeradas. No topo da página estava escrito: "Preste atenção nos movimentos".

— Que desenho é esse? — perguntou Alessa.

— Depois eu te explico — respondeu Laura, se ajeitando no sofá. — Vou te contar o porquê a Dira ficou apavorada.

— Você desmaiou! Isso eu já sei. Quero saber o que você fez?

— Escuta — disse Laura.

Numa versão pobre de detalhes, inclusive excluindo a autópsia, Laura disse que, ao rever os exames do biotério, chegou à conclusão que não podia simplesmente abandonar a experiência. Assim, arranjou um pouco mais dos ingredientes para um novo teste. Contudo, como não possuía uma estrutura de biotério, nem camundongos, decidiu continuá-la fazendo de si mesma uma cobaia.

Assustada, Alessa reagiu levantando-se bruscamente da poltrona. Com a mão na cabeça, andou pela sala. Sua linguagem corporal mostrava a vontade de matá-la. No entanto, além do odor da raiva, seu corpo exalava números de uma estranha excitação.

Por mais de uma vez, Alessa tentou interrompê-la, mas Laura continuou defendendo as razões que a levaram a tomar essa atitude. Justificativas que nem Jandira achava ter cabimento. Quando Laura terminou, Alessa sentou-se na mesma poltrona onde antes estava.

— Posso falar agora? — perguntou Alessa.

— Só mais uma coisinha — disse Laura. — Jandira, olha o caderno. Se a experiência continuasse somente em animais, como eu experimentaria coisas como esta. Antecipar os movimentos de alguém? É ou não é uma percepção extrassensorial?

Jandira arregalou os olhos ao entender o que estava desenhado. Laura previra todos os movimentos de Alessa, até aquele momento.

— Que maluquice é essa de extrassensorial? — perguntou Alessa.

Laura continuou a falar com Jandira.

— Convenci você agora? Viu o quão importante foi a minha decisão? Não estava nem estou alucinando.

— Me deixa ver esse caderno — Alessa se levantou e pegou o caderno da mão de Jandira. Leu o texto escrito por Laura na folha e disse: — O que isso tem de importante? Que movimentos são esses?

— São os seus. Desde a hora que você chegou até esse exato momento — disse Laura.

A última bolinha marcava a sua posição em pé, entre a poltrona onde Jandira estava e a mesinha de centro. Alessa ficou calada. Olhando o desenho, caminhou ao sofá e se sentou.

— Chamo de rastro temporal, por falta de um termo melhor — disse Laura.

— E quando você começou a ver... esse rastro? — perguntou Jandira.

— Anteontem, depois da terceira e última dose. Por volta de nove da noite senti o mesmo cansaço de hoje, e me deitei na cama. Sabia que iria apagar. Quando voltei a mim, ainda desorientada, vi um insólito rastro do meu corpo, como se fosse o meu deslocamento no tempo. Achei bizarro. Tive a nítida impressão de estar alucinando. Sem saber o que fazer, o segui até a varanda e, olhando pra rua, vi que todos também possuíam um.

— Se eu não estivesse vendo esse desenho... mandaria te internar — disse Alessa.

— Exatamente por isso fiz o desenho. Mesmo assim, sei que ainda é difícil absorver essa informação. Naquela noite eu mesma me questionei... sei lá, "n" vezes. Depois de observar do alto, resolvi descer. Não sei quanto tempo fiquei sentada na escada da portaria, mas quando saí, mesmo sem conseguir explicar, sabia não se tratar de uma alucinação. Algo irreversível tinha acontecido comigo.

— Isso aconteceu com três doses? — disse Jandira. Laura confirmou com a cabeça. — Alguma outra mudança?

— Até então a mais significativa foi essa. Pra não dizer que nada mais aconteceu, sinto meu raciocínio mais claro; talvez um pouco mais rápido. Apesar de notar a minha fala um pouco mais lenta. Acho que pelo cansaço.

— Se todos nós temos um... caminho a seguir, me diga; para onde estou pensando em ir agora? — perguntou Alessa.

— Não leio mentes, Alessa. Nem muito menos vejo o futuro. Posso apenas te dizer para onde você irá — disse Laura.

— E para onde eu vou? — perguntou Alessa.

— Me passa o caderno, por favor — pediu Laura.

— Não vai me mostrar? — questionou Alessa, ao ver que Laura não mostraria o que escrevera.

— Só depois — respondeu Laura.

— Não sei se faz sentido, mas... Será que esses rastros existem, ou é você que... de alguma forma, antecipa os movimentos? — perguntou Jandira.

— Todos têm um rastro. Seria impossível eu acertar o caminho de cada um. Imagina uma rua. Uma pessoa poderia entrar numa loja, atravessar para a outra calçada, ou mesmo continuar reto virando a esquina, enfim...

— Não necessariamente — respondeu Alessa. — Estamos lidando com algo... inexplicável. Por mais louco que possa ser, sua cabeça pode estar analisando as infinitas sutilezas em torno de cada um para te mostrar o caminho.

— Já pensei bastante sobre isso. Eu sinto que... Não, eu não sinto. Eu sei que todos nós temos um.

— Tipo... Destino? — perguntou Jandira.

— Pode parar com essa história de destino — Alessa se exaltou. — E olha que de nós três eu sou a única com uma crença religiosa.

— E por que não? Até agora nem sabíamos que isso existia — disse Jandira a Alessa.

— Não se trata de fatalismo — interrompeu Laura. — Esqueçam isso. Imaginem que o passado e futuro não existissem. Tudo acontece num único ponto. Assim, se você pudesse ver esse instante, veria tudo. Sei que parece loucura, mas...

— Juro que estou fazendo força para te entender. Pra encontrar uma lógica nisso tudo. Mas essas conclusões... Roubam a minha capacidade de levar isso a sério. Imediatamente volto a pensar que você está alucinando — disse Alessa.

— E o que vocês querem que eu diga? — perguntou Laura.

Alessa suspirou gesticulando não saber. No meio do silêncio gerado pela pergunta de Laura, o celular de Alessa tocou. Ao ver o número que a chamava, pediu licença para atendê-lo, se levantando em seguida. Enquanto Alessa caminhava pela sala, Laura chamou a atenção de Jandira e apontou para a observação anotada no rodapé da página onde estava escrito "Sacada da direita". Assim que ela terminou de ler, viu Alessa se debruçando na sacada. Sem dúvida algo inimaginável estava acontecendo.

Pouco depois, o celular de Laura vibrou.

— É o Carlos. Posso atender? — perguntou Jandira ao ver o nome na tela. Laura respondeu que sim.

Carlos estava longe, em uma área onde seu celular não exibia nem um traço de sinal. Somente na estrada, voltando para a cidade, o sinal voltou. Preocupado com o recado deixado por Jandira, perguntou como Laura estava. Jandira, sabendo que ele estava em uma estrada, preferiu minimizar a história. Ela teve medo dele acelerar e acabar se envolvendo em um acidente. Mesmo assim, ele só ficou mais calmo ao escutar a voz de Laura lhe mandando um beijo.

Alessa retornou da sacada visivelmente irritada.

— Vamos para o hospital — disse ela.

— Obrigada, Alessa. Mas o Carlos acabou de ligar e está vindo me apanhar.

— E quem é Carlos? — perguntou Alessa.

— Um companheiro de longa data que a vida me deu. Não se preocupe, ele vai cuidar bem de mim — respondeu Laura.

Com o celular ainda na mão, Alessa se sentou na poltrona. Repassou rapidamente o acontecido, buscando provar o quanto era importante a realização de exames para avaliar a sua situação. Laura, por sua vez, se mostrou irredutível. Disse que, se fosse necessário, Carlos poderia levá-la ao hospital. Alessa, então, argumentou que se o problema era o medo de se expor por causa da droga, ela poderia conversar com um amigo médico para executar os exames com máxima discrição. Ela se responsabilizaria por Laura.

Vendo que seria impossível convencê-la, Alessa desistiu.

— Bom... Já que você não quer minha ajuda, eu vou pra casa. — Apanhou a sua bolsa e guardou o celular. — Se precisarem de mim, me liguem. Laura... — Alessa olha visivelmente preocupada para Laura — Por favor, não faça mais nenhuma besteira e vai a um hospital. Pelo amor de Deus!!

— Pode ficar tranquila. Eu dou notícias. Mas eu estou bem. Só um pouco diferente. Se por acaso eu não me sentir bem, o Carlos me encaminha para um hospital e avisa vocês.

Jandira também achava melhor que Laura fosse ao hospital o mais rápido possível, mas acabou não insistindo no assunto; pelo menos, não naquele momento. Enquanto esperavam a chegada de Carlos, e para quebrar o desconfortável silêncio, Jandira procurou saber mais sobre os efeitos que a droga havia produzido na sua mente.

— Laura. Como é esse tal rastro que você vê?

— É difícil explicar, Dira. Não tem uma forma definida. — Laura gesticulou com as mãos buscando as palavras para descrevê-lo. — Imagina uma fumaça contida em um caminho. Como uma fumaça presa entre dois vidros. Uma nunca é igual a outra. Às vezes é mais densa, outras vezes é mais fina; larga, brilhante. As diferenças são sutis, mas cada uma é de um jeito.

— E essa fumaça é escura? Tem alguma cor?

— Não. Não é escura. Como ela flutua no ar, em constante movimento, a transparência muda em certas áreas. Mas continua transparente. Qual foi a outra pergunta que você fez? — perguntou Laura ainda zonza.

— Se tem cor?

— Sim. Pelo menos as que eu vi até agora tinham cor. Bem suaves. Entre o azul claro e o lilás, basicamente. Todas têm uma luminescência incrível. Não sei como te explicar. O movimento, a cor, o brilho, faz o rastro parecer vivo.

— Deve ser lindo — disse Jandira ainda achando tudo muito difícil de acreditar. Contudo, era impossível negar que algo inexplicável acontecera com a mente de Laura. Ela acertara todos os caminhos feitos por Alessa na sala.

— É estonteante; depois do susto — respondeu Laura emocionada.

— E não te atrapalha a visão? Digo, se tiver muitas pessoas numa sala, você consegue enxergar tudo sem que esses rastros tumultuem a sua visão?

— Consigo ver tudo com clareza. Meu cérebro não fica assoberbado com essa informação. É como se ele abstraísse. Um ruído branco.

— Se todos estão sempre em um rastro, isso significa que não existe como conscientemente sair dele?

— Ao contrário. Não há como sair dele inconscientemente. Se você não sabe que ele está ali, você o segue naturalmente. Tipo, se você pensa em ir pra esquerda, mas vai para a direita, na verdade a direita era o seu caminho. Conscientemente é diferente. Se você o vê, você pode escolher segui-lo ou não. A nossa tendência, digo o que eu mesma pensei a princípio, é entender esse rastro como um caminho no tempo. Como eu já disse, esqueça o tempo, ele não existe. O rastro não é o futuro ou que você vai fazer, é tudo que você fez; passado, presente e futuro.

— Caramba, tá pesado pra minha cabeça. Consigo entender o conceito, mas não consigo raciocinar sem o tempo.

— Estamos presos a esse conceito do tempo desde o início. Faz parte da cultura humana. O magnífico dessa experiência, dessa droga, é essa libertação da mente. Abriu o meu cérebro de uma forma inexplicável.

— Entendi. Quero dizer, entendi que você consegue entender — disse Jandira rindo. — Mas você mencionou que tendo a consciência do rastro, ou seja, o vendo, seria possível sair dele. Não vou perguntar se você teve curiosidade de sair dele, porque já te conheço e é justamente por isso que estamos aqui. Você saiu dele, né? — Laura confirmou como a cabeça. Jandira com a cabeça fervendo, perguntou: — E aí, o que aconteceu?

Laura franziu a testa.

— É complicado colocar a sensação em palavras. Palavras não conseguem traduzir o que eu experimentei.

— Tenta; faz outra analogia. Por pior que seja.

Laura levantou-se do sofá, andou pela sala e buscou uma forma simples de explicar. Atrás da poltrona onde Alessa havia se sentado, estalou os dedos.

— Talvez... seja mais fácil te explicar se eu estiver fora dele. Assim eu tento narrar o que estou vejo e sentindo.

— Mas... é seguro? — perguntou Jandira com receio de que Laura passasse mal novamente.

— Não se preocupe. Da outra vez que fiz isso não passei mal. Bem, não que eu me lembre. Preparada?

— Ok! — respondeu Jandira, se ajeitando no sofá, mais para perto dela.

— Ao invés de seguir para a esquerda, vou me deslocar para a direita — disse Laura apontando para a direita.

Laura respirou fundo, com as mãos apoiadas no encosto da poltrona, olhou para frente e... nada. Com seu olhar fixo e os dedos contraídos, sequer pronunciou um som. Depois de alguns segundos nesse estado, Jandira a chamou, porém Laura não respondeu. Temendo que Laura viesse a desmaiar novamente, e dessa vez caísse no chão, Jandira correu em sua direção no intuito de segurá-la.

Laura se tremeu toda e disse:

— Por que você fez isso?

— Por quê? Você quase me matou do coração. Achei que você ia desmaiar de novo.

— Desmaiar, por quê? Eu estava te contando o que eu via até... você pular do sofá. — Nesse momento Laura percebeu que apesar de estar narrando sua experiência, seu corpo, sua boca, presos ao rastro, não se mexiam. — Só pra confirmar, você não escutou nada?

— Como eu ia te escutar? Você estava catatônica!

— Interessante — murmurou enquanto dava à volta na poltrona para se sentar. — Quando eu fiz isso pela primeira vez, estava sozinha. Não tive ninguém para me dizer o que acontecia... desse lado.

— Desse lado? — perguntou Jandira procurando entender o que Laura dizia.

— É! Desse lado. Nessa sala. Quando saio do rastro, vejo duas imagens diferentes. Aqui, vi duas salas, um pouco diferentes, mas no mesmo espaço. Uma era essa aqui, onde estamos. A única diferença nela eram as cores dessaturadas. A outra tinha um estilo totalmente diferente em termos de móveis e decoração. Tudo parecia ser formado de uma espécie de... Difícil de definir; com cores que eu nunca vi. Você estava igual à essa sala. Tão dessaturada que parecia em preto e branco. Eu estava normal, quero dizer, com um colorido normal.

— E por que só você tinha um colorido normal?

— Acredito que a explicação seja porque eu não estava nem aqui nem lá. Podia te ver, te escutar, assim como, talvez, pudesse ver e escutar alguém nessa outra sala. O fato de eu ter um colorido normal e não ver o meu próprio rastro me faz pensar, por mais louco que isso possa parecer, que eu estava entre esses dois espaços.

— Um espaço intermediário entre a realidade e... O que seria esse outro espaço?

Laura levantou a sobrancelha.

— Creio que os dois sejam reais. Creio que quando eu me desloco do rastro, minha mente fique entre... — Laura conjectura — dimensões diferentes.

— Oooh! Dimensões paralelas é puxado. — Jandira faz uma breve pausa. — Claro... porque não; tá tudo muito normal nessa conversa.

— Eu disse pra você que as palavras não alcançariam o que está acontecendo comigo.

— Não são as palavras. Bom... talvez até sejam, mas... a ideia de alcançar uma outra dimensão simplesmente se deslocando desse rastro é muito... Enfim, o próprio rastro já é uma coisa louca de se imaginar. Se isso for verdade, essa droga acabou te transformando na primeira pessoa capaz de cruzar dimensões.

— Será que eu sou mesmo a primeira? Há milênios, em diferentes culturas, pessoas alegam ter o poder de se comunicar com pessoas fora desse mundo. Nós é que não acreditamos.

— Gostaria muito de acreditar que isso tudo é verdade. Você sabe, sempre quis um indício de um plano espiritual; de uma continuação.

— Não falei nada de alma, ou plano espiritual.

— Sim, eu entendi. Minha cabeça está buscando uma validação para os meus desejos. Meu único medo é que este tipo de conclusão te leve a fazer mais besteiras.

— Jandira, o que eu tinha pra fazer, eu já fiz. Acho improvável que eu consiga fazer algo mais... arriscado. Mas, por favor, não fantasie. Outras dimensões não significam uma continuação do ser.

...

Já começava a escurecer quando Carlos tocou o interfone. Laura estava bem melhor, nem parecia a mesma pessoa de algumas horas atrás. Ao vê-la, não questionou nada, apenas a envolveu num longo e carinhoso abraço. Mesmo receosa, Laura começou a explicar o que a levara a desmaiar. Segurando sua mão, escutava-a com atenção. Só a largou, ao curvar-se para frente, segurando sua própria cabeça com as mãos, no momento em que ela mencionou ter virado cobaia do próprio experimento.

Carlos estava decepcionado. Triste em tê-la ajudado a sintetizar a droga. Com mansidão, disse não imaginar que ela fosse capaz de uma atitude tão insensata. Laura escutou o que ele tinha a dizer, calada. Pela primeira vez, Jandira sentiu um cheiro diferente vindo dela. Talvez o do arrependimento. Não por ter feito o que fez, mas por tê-lo decepcionado.

A relação entre Carlos e Laura era peculiar. Existia muito respeito, carinho e amor entre eles. Jandira sabia que podia confiar em Carlos. Sabia que ele cuidaria dela da melhor forma possível. Jandira explicou-lhe que, para a sua paz de espírito, se ele não pudesse ficar com ela, não a deixaria sair de sua casa. Somente com a presença dele teria certeza que ela não faria mais nenhuma besteira.

Carlos disse a Jandira para ficar sossegada. Ficaria ao seu lado o tempo que fosse necessário para a sua recuperação. Só precisava de uma hora para ir até sua casa, apanhar uma trouxa de roupas.

Antes de ele sair, Laura se levantou e foi ao banheiro. Aproveitando o momento, Jandira pediu que ele a convencesse a ir ao hospital. Carlos já planejava levá-la.

...

No dia seguinte, Carlos levou Laura ao hospital. Se ele não soubesse o que tinha acontecido, nunca suspeitaria que ela tivesse feito o que fez. Laura dormira tranquilamente a noite toda e acordou muito bem-disposta.

Após uma longa consulta Carlos ligou para tranquilizar Jandira. Embora os exames não estivessem nada bons, a médica tinha esperança de que, seguindo uma rígida dieta de desintoxicação e o tratamento medicamentoso, Laura poderia voltar ao normal em três ou quatro meses.

Jandira adorou a notícia e agradeceu muito a consideração de Carlos em lhe avisar o mais rápido possível. Porém, mesmo sabendo que Carlos estaria com ela, deixou o binóculo sobre o gaveteiro, próximo à sacada da sala, para que de tempos em tempos pudesse olhar o movimento na casa.

DÉCIMO MOVIMENTO

MIELINA

Um pouco mais cedo do que de costume, Jandira aguardava a chegada de Renata para almoçarem. Era segunda-feira, dia de maior movimento no restaurante. Após o tenso final de semana, a última coisa que ela queria era almoçar no tumulto.

O restaurante ficava no anexo lateral. Um prédio recuado de cinco andares sobre a entrada do estacionamento. Como ainda estava vazio, escolheu uma das mesas ao lado da grande janela. A única que tinha vista para a rua. Apesar do entra e sai de veículos, seu tamanho permitia apreciar o belo céu azul primaveril e o vaivém das pessoas, entre os bem cuidados canteiros de flores.

Bem mais calma após falar com Laura ao telefone, Jandira ainda se pegava pensando nela. Ficou receosa ao saber que, mesmo com a delicada condição de saúde, a médica a liberara para ir ao trabalho. No seu ponto de vista, Laura deveria ter permanecido em casa de repouso, pelo menos por alguns dias mais.

Renata chegou na hora combinada com uma aparência cansada. Seu final de semana também não tinha sido lá muito bom. De comum acordo, combinaram que, durante a refeição, não falariam de problemas.

Praticamente com o almoço pelo meio, o restaurante começou a encher. Renata contava uma história de viagem feita um pouco depois da sua adolescência, onde tudo que podia dar errado, deu. Jandira só faltava chorar de rir.

Na posição em que se encontrava, Jandira viu uma movimentação que despertou a sua curiosidade na entrada lateral do prédio principal. Logo à frente dela, no embarque e desembarque, para quem chegava ao centro de pesquisa de carro, uma comitiva de executivos saía do prédio, acompanhados por pesquisadores do centro. Chamava a atenção não somente pelo esquema de segurança, mas também pela quantidade de documentos e caixas que carregavam.

Renata estava sentada na sua frente, de costas para o que estava acontecendo. Enquanto narrava as suas aventuras, os olhos de Jandira não paravam quietos; correndo sempre na direção do tal grupo. Instantes depois, três grandes veículos utilitários, com vidros escuros, saíram do estacionamento para apanhá-los.

Em uma enorme caixa de polipropileno cinza, colocada na parte de trás de um desses veículos, existia um logotipo que lhe trouxe uma estranha sensação de *déjà-vu*. Um logo arredondado com a letra M no centro. Ao redor, uma cadeia de DNA que se transformava em um bastão com duas cobras enroscadas. Instintivamente, Jandira cobriu parte do símbolo com a mão. Para sua surpresa, aquele era o mesmo logo da foto anexada no e-mail anônimo.

Um arrepio subiu a sua espinha com tanta força que a fez tremer.

— O que aconteceu? — Renata perguntou se virando para ver o que era.

— Você sabe quem são aquelas pessoas?

— Os que estão entrando nos carros? São da corporação Mielina. Um grupo das forças armadas que trabalha na área de biossegurança.

— Militares? — questionou Jandira, pensando em qual ligação poderia existir entre eles e a sua demissão.

— Me disseram ser voltada para o contraterrorismo. Então... imagino que seja. E se não for, no mínimo, tem ligações estreitas com eles. Afinal de contas, a quem interessaria o que fazem? — Jandira a questiona qual seria o motivo da presença deles na empresa. — Estão ligados a várias empresas de pesquisa e desenvolvimento. Ainda que ninguém admita aqui dentro, é essa corporação quem manda no Esius Narques. São os mandachuvas.

— Eu achava que eram o Nikola e o Ibraim.

— Pra mim, eles são testas de ferro. São brilhantes cientistas, ninguém pode dizer o contrário; extremamente competentes no que fazem. Até por isso, estão à frente do centro, mas donos... Eles não são.

— Como você sabe tudo isso?

— Eu trabalho na administração geral, esqueceu!? Tenho muito contato com a camada de ozônio — Renata gesticulou que ela falava da alta diretória do centro. — Já soube de muitas decisões da diretoria e da presidência que foram canceladas por ordem externa. Foi daí que comecei a pensar; quem realmente manda aqui? Só uni os pontos.

— Hum! Faz sentido. Engraçado, nunca ouvi falar dessa corporação.

— Você e boa parte da população. Eu mesma só soube da sua existência depois de muito tempo trabalhando na Hurech.

— *Peraí*! A universidade?

— Eu só conheço um lugar com esse nome.

— Então eles têm ligação com a universidade também?

— Muita! Vários projetos na universidade são bancados pela Mielina. É fato sabido que certos departamentos da universidade fechariam as portas se não fosse por ela. Assim como aqui, praticamente ninguém sabe disso. Na Hurech, as reuniões aconteciam no prédio da reitoria, onde eu trabalhava.

Com os cotovelos sobre a mesa e o olhar perdido, Jandira permaneceu em silêncio. Em sua cabeça, as peças do quebra-cabeça começavam a se encaixar. A única grande incógnita que ainda queimava os seus neurônios era o que eles queriam com ela.

— Alô... Chamando o planeta Terra — disse Renata.

— Me desculpa. Só estava... pensando — respondeu Jandira, ainda tentando organizar seus pensamentos.

— Mas me diz, por que você ficou assim desse jeito? — perguntou Renata.

— Você se lembra da minha demissão? Pois é. Alguns dias depois, recebi um e-mail anônimo dizendo que alguém tinha exigido a minha demissão. Junto com essa informação, uma foto mostrava uma lista com o meu nome e, um pouco mais ao fundo, um envelope dobrado mostrava parte do logo dessa corporação.

— Sério? E qual seria o interesse deles?

— É justamente isso que eu estou tentando imaginar.

— Talvez seja apenas uma coincidência. O envelope podia estar sobre a mesa por outro motivo. Sem relação nenhuma com você — disse Renata incrédula. — Mas como você tem certeza de que é o mesmo logo?

— Cem por cento! Achei que se tratava das letras V e I, no meio do logotipo, mas só agora percebi que o VI faziam parte do M.

Renata levantou a sobrancelha:

— Foi o Nikola que te chamou pra trabalhar aqui?

— Sim. Mas isso foi bem antes da minha demissão.

— Quem sabe o Nikola, numa conversa informal, não tenha comentado sobre você, e eles... sei lá, quiseram ajudá-lo.

— Ajudá-lo? Me demitindo? Que forma horrível de ajudar alguém, hein? E mesmo que fosse, quem garantiria que eu viria pra cá? Eu poderia, muito bem, aceitar uma outra proposta.

— Verdade. Mas às vezes, pensamos estar fazendo uma escolha, quando, na verdade, alguém já a fez por nós.

— Você acha que tem dedo do Nikola nisso?

— Talvez, sim. Talvez, não. O curioso, nisso tudo, é você ter saído de uma instituição para outra, ambas controladas pela mesma corporação. Isso sim seria uma grande coincidência. Embora eu prefira acreditar que a sua inteligência e condição tenham sido os motivos pelos quais o Nikola tenha tido interesse em colocá-la no quadro de funcionários.

— Sinestesia é a única coisa que vem a minha mente. O que me intriga é que não sou nenhum gênio pra chamar tanta atenção. Trabalho duro e me dedico, só isso.

— De repente é isso. Não acredito que seja nada demais.

— É, mesmo assim...

— Vamos fazer o seguinte. Vou ligar para a minha amiga que continua na Hurech e, discretamente, procurar se ela sabe algo a mais do seu caso. Que tal?

— Se você puder, agradeço. Qualquer informação é muito bem-vinda.

— Deixa comigo!

DO LARANJA PARA O VERMELHO.

Após o almoço, sua vontade de pesquisar a Mielina só aumentou. Entretanto, se essa corporação fosse a dona do centro, não seria prudente que ela a fizesse através de um computador interno. Ansiosa, às quinze para as quatro, Jandira decidiu ir para casa.

Imediatamente após chegar à casa, vasculhou na *web* o endereço da Corporação. O site estava na rede, aberto para qualquer pessoa. Não era uma organização ilegal ou secreta. Em suas páginas se apresentava como um grupo voltado à prevenção e eliminação de riscos biológicos, fossem eles naturais ou provocados por grupos extremistas.

Embora aparentasse ser grande e bem-relacionada, numa rápida pesquisa Jandira conseguiu poucos resultados. A maioria apontava para o site da organização. Era quase como se ninguém soubesse da sua existência ou não houvesse interesse em fazer uma reportagem sobre a empresa que, entre aspas, fazia um trabalho de extrema importância para a população.

Sentindo ter chegado a um beco sem saída, partiu para uma busca mais sofisticada. Se as palavras não alcançavam o objetivo, uma pesquisa por imagens centrada no logo da corporação poderia ser a solução. A ideia era boa. O problema era o tempo que levaria pelos caminhos normais. Só precisava de algo para esse processo.

Vasculhando seu disco rígido, encontrou dois excelentes programas desenvolvidos na universidade. O primeiro, batizado de "Faça para mim", comandava automaticamente a inserção de palavras-chave no campo de pesquisa do *Google*, a partir de uma lista previamente definida. O sensacional desse software era a possibilidade de configurar a busca por palavras semelhantes e as possíveis associações entre elas, em até treze idiomas ao mesmo tempo.

O segundo funcionava em conjunto com o anterior fazendo uma varredura por imagens semelhantes à procurada, estivesse ela em qualquer tamanho ou ângulo, dentro da imagem. Assim, mesmo que o logotipo da corporação aparecesse inclinado ou de forma parcial na imagem, o software seria capaz de identificá-lo, separando-o em um banco de dados com o seu respectivo link.

Jandira adicionou uma lista de palavras ao "Faça para mim" e iniciou a procura.

Sabendo que o processo não seria rápido, deixou o notebook trabalhando e foi tomar um banho, preparou o jantar e sentou-se para ver TV. Mal acabara de colocar a primeira garfada na boca e seu celular tocou. Era Laura, ligando para dizer que tudo estava bem. Bem-disposta e com uma voz firme, jogaram conversa fora por um bom tempo. Por mais de uma vez Jandira teve vontade de lhe dizer o que havia acontecido, mas preferiu não a perturbar deixando para lhe contar quando tivesse maiores informações.

Enquanto conversam, seu celular avisou que outra chamada aguardava para ser atendida. Era o número da Renata. Sem dar muitas explicações, disse a Laura que precisava atender a outra ligação e se despediram.

Segundo a amiga da Renata, se a demissão da universidade tivesse sido exigida por essa corporação, não seria a primeira. Apesar dessa prática não ser comum, ela acontecia de tempos em tempos. Entretanto, seu conhecimento sobre o fato terminava por aí.

Os programas terminaram a busca. No banco de dados, uma pequena quantidade de fotos havia sido selecionada. Em sua grande maioria, fotos do próprio site onde o logo aparecia. Contudo, três fotos aguçaram seu nível de alerta; do laranja para o vermelho.

Postadas em blogs de pouquíssimo número de acessos, essas fotos exibiam situações nas quais ela não esperava ver o logo. A que mais se relacionava com o foco da corporação mostrava dois enfermeiros cuidando de pacientes sob uma grande tenda branca, na pequena ilha de Kauási, arquipélago de Tugglusi. Destacado pelo programa com um círculo, o logo aparecia na camiseta de um dos enfermeiros, embaixo do macacão amarelo semitransparente que os protegia de alguma contaminação.

Procurando mais informação sobre esse surto, Jandira descobriu que essa pequena população indígena, no Oceano Pacífico, fora dizimada por uma mutação do Hendra vírus, que, curiosamente, só aparecera nessa ilha.

Nas outras duas a corporação aparecia em situações no mínimo inesperadas.

Uma das fotos retratava os destroços de um caminhão, numa área devastada por uma guerra civil, onde era possível visualizar o logo na porta do veículo arremessada para dentro dos escombros de um prédio. Embora essa parte da imagem estivesse com pouco contraste devido à sombra da laje do andar superior, o programa conseguiu identificá-lo.

Na outra, que a fez arrepiar, o logo aparecia no julgamento de um cientista acusado de infligir terríveis deformidades a camponeses em testes de manipulação genética, num pequeno vilarejo asiático. Nessa, o logo se encontrava na capa de um documento do advogado de defesa.

Depois dessas imagens, Jandira rodou novamente os programas incluindo à lista palavras como guerra, contaminação, espionagem, manipulação genética, destruição em massa, entre outras. Pela quantidade de palavras inseridas, tinha plena consciência que a busca e a análise demorariam uma eternidade. Independente do tempo, precisava descobrir o quanto essa corporação estava envolvida em ações obscuras pelo mundo. Nem que levasse uma semana, Jandira esperaria.

Deixou o notebook ligado e foi dormir.

...

Boa parte da manhã seguinte Jandira passou pendurada no celular olhando o espelhamento da tela do notebook. De meia em meia hora se levantava para andar pelos corredores, inquieta com seus pensamentos, imaginando o que mais acharia.

Na hora do almoço foi sozinha a um pequeno restaurante próximo ao centro de pesquisa. Do jeito que ela se conhecia, poderia acabar deixando escapar alguma coisa da sua pesquisa sobre a corporação caso Renata entrasse no assunto. E com certeza Renata puxaria essa conversa. Paranoica ou não, ficou com medo que Renata comentasse sobre sua descoberta com alguém que não devesse.

O celular vibrou sobre a mesa.

— Oi, Carlos. Tudo bem? — disse Jandira.

— Infelizmente, não. Laura foi hospitalizada.

— Como assim? O que houve? — perguntou Jandira assustada.

— Ainda não sei direito. Um amigo do laboratório me avisou. Ela desmaiou enquanto almoçava no refeitório. Quando cheguei lá, os paramédicos já a tinham levado.

— E pra onde a levaram?

— Para o Alberto Petarus. Eu... tô indo pra lá agora — disse Carlos nervoso. — Você pode me encontrar lá?

— Claro. Te encontro na emergência. Beijo.

Jandira largou sua comida e correu para pegar um táxi.

Seus temores quanto à saúde de Laura tornavam-se realidade. Não tinha ideia da gravidade, mas pelo tom de voz do Carlos e a pressa com que ela fora levada, a situação não devia ser boa.

Minutos depois Jandira entrou tão apressada pela emergência que nem viu Carlos.

— Jandira — chamou ele, sentado em uma das cadeiras da área de espera.

— Oi, Carlos. Alguém te deu alguma notícia?

— O chefe da emergência me disse que ela está estável. Tiraram a pressão, fizeram um eletro, enfim, os procedimentos de rotina da emergência. Estão esperando o resultado do exame de sangue, e se nada de grave for constatado... — Carlos disse em um tom que insinuava "já sabemos o resultado" — a colocaram em observação num quarto.

— Os médicos têm alguma ideia do que possa ter acontecido?

— Aparentemente não. Pode ser uma infinidade de coisas. Com certeza o exame vai apontar os problemas. Problemas que podem ter evoluído e não tenham sido detectados nos exames anteriores quando eu a levei no hospital.

— Essa situação saiu do controle.

— Eu sei. O engraçado é que ela parecia estar tão bem.

— Eu tive a mesma impressão falando com ela ao telefone. Como seu amigo ficou sabendo?

— O Thomaz entrou no refeitório e só depois de estar se servindo percebeu o movimento do lado de fora. Ele perguntou o que estava acontecendo a uma funcionária e ela lhe disse que uma pesquisadora tinha passado mal. Ele deve ter ficado olhando e quando percebeu que era a Laura, deixou a bandeja e saiu correndo para me avisar. Acredito que tenha entrado pouco depois dela desmaiar.

Jandira pensou rápido.

— Quanto tempo levou isso? Quero dizer, entre seu amigo a ver e você chegar ao refeitório.

— Imagino que uns... sete minutos. Eu estava em reunião. A secretária do laboratório interrompeu a reunião para me avisar.

— Vocês têm ambulância no trabalho? — perguntou Jandira. Carlos respondeu que não, balançando a cabeça. — Você não acha estranho, em menos de dez minutos, ela já ter sido levada para um hospital?

— Você está insinuando que a ambulância já estava à espera dela? — Carlos não conseguia acreditar nessa loucura. — Não. Segura a sua imaginação. Não sabemos quanto tempo levou entre o desmaio e o Thomaz vê-la. Não pira, Jandira. Não é a primeira vez que ela desmaia depois do que ela fez. Pode ter sido apenas uma sorte ter uma por perto.

— Sinceramente, Carlos. Eu não duvido de mais nada.

— Eu também não. Mas você está associando duas histórias diferentes. Uma foi usar ilegalmente as instalações do laboratório, outra é a rapidez que ela foi atendida. — Carlos percebeu que Jandira não estava convencida. — Ok... Vamos supor que você esteja certa, por quê?

— Essa é a questão. Só pra você ter uma ideia, deixa eu te contar umas coisas.

Eles se sentaram na recepção da emergência.

De forma resumida, Jandira explicou ao Carlos como as coisas vinham mudando desde que a fórmula do número sem cheiro havia sido sintetizada. Lembrou-lhe do episódio com as câmeras de segurança dentro do biotério. Contou sobre a sua demissão da universidade, sobre o centro de pesquisa, das ligações desses lugares com a corporação Mielina, do poder e do envolvimento dessa organização em tudo que estava acontecendo. Para terminar, colocando a cereja no bolo, mostrou no celular as três fotos que ela conseguira no dia anterior onde a corporação aparecia em eventos sombrios.

— Ok. Tenho que admitir que é no mínimo estranho — disse Carlos um tanto quanto desconfiado. — Mas... Dentro do seu raciocínio, se é que eu entendi, você está achando que o Laedys também tem alguma ligação com essa tal corporação, certo?!

— É bem plausível. Não me surpreenderia em nada se o controle majoritário do Laedys fosse da Mielina. Pelo menos um poder financeiro, uma influência, para conseguir o que querem. Essa corporação está em todos os lugares. Na Hurech, no Esius Narques, talvez até aqui nesse hospital.

— Aqui? — Carlos se surpreendeu. — No Petarus?

— Existe uma possibilidade. O centro de pesquisa tem uma grande, vamos dizer, parceria com esse hospital. Inclusive um dos sócios do Esius, o doutor Nikola, já mencionou a parceria do centro de pesquisas com este hospital. — Carlos colocou as mãos atrás da cabeça, largando seu corpo sobre o encosto.

— O quê? — Jandira percebeu que Carlos acabara de unir mais uma peça do quebra-cabeça.

— Com essa correria toda, eu nem me toquei. Sempre que alguém passa mal ou sofre um acidente no trabalho, o laboratório leva a pessoa para o Hospital Maria Lucs. Eles têm um convênio com o Lucs. Quando me disseram que ela havia sido trazida para cá, nem passou pela minha cabeça questionar o porquê. Pensando bem, é realmente estranho ela ter sido trazida para este hospital. O

Maria Lucs fica bem mais perto do trabalho. — Carlos mordiscou o lábio inferior. — Mas tem uma coisa que não está batendo... Se eles estão te direcionando, com o interesse de te vigiar, por que montar esse circo com ela?

— Pra mim, de alguma forma, descobriram que estamos juntas. E, se sabem que ela tomou a fórmula, agora ela é tão ou mais importante que a própria fórmula. Nada melhor do que uma cobaia humana. É perfeito — respondeu Jandira.

— Eu tô... — Carlos ficou sem palavras. — O que fazemos agora?

— Agora, mais uma vez, vamos continuar fingindo que não sabemos de nada. Que não temos a menor noção que eles já estão sabendo. Apesar da situação em que a Laura se encontra, precisamos discutir com ela antes de tomarmos qualquer atitude. Já que ela fez o que fez, temos que tirar proveito da sua capacidade mental ampliada.

— É. Concordo com você. Desespero não vai adiantar nada. — Carlos, inquieto, se ajeitou na cadeira. — Você tem alguma ideia de como eles possam ter descoberto que a Laura tomou a fórmula?

— Esse é o ponto... — Jandira hesitou dizer o que eu pensava. — A única outra pessoa que sabia e consequentemente poderia ter passado essa informação... é a Alessa.

— A amiga de vocês? — Jandira respondeu que sim. — Então ela deve estar envolvida com essa corporação?

— Não sei, Carlos. Quero crer que ela tenha dado com a língua nos dentes. O doutor Nikola é um velho amigo dela. Ele pode estar manipulando ela — suspirou. — A bem da verdade, foi ela quem me apresentou a ele. E contou que eu também era sinestésica. Na época não dei muita importância, mas agora... Fico me perguntando se existia um motivo maior por trás da apresentação.

Um plantonista da emergência se aproximou deles com uma prancheta na mão.

— Fui informado que a paciente... — olhou no papel o nome — Laura já terminou a tomografia e será transferida pro quarto

702. A princípio está tudo controlado, mas como é de praxe, nesses casos, ela ficará em observação pelo menos até amanhã.

— Desculpe, eu não entendi. Essa internação de 24 horas é por causa do quê? — perguntou Jandira buscando mais informações.

— A equipe que a trouxe informou que a paciente bateu com força a cabeça. Por isso foi feita uma tomografia de emergência. Vamos verificar se nenhum problema aparecerá nas próximas 24 horas. É um procedimento padrão. Não podemos liberá-la agora. Além disso, outros exames serão feitos — disse o plantonista.

— Ela bateu a cabeça? — Jandira questionou Carlos. Carlos disse não saber

— Então é grave? — perguntou Carlos.

— Como eu falei, o médico responsável olhou os exames e disse estar tudo sob controle. No momento, a situação dela não é crítica. Porém, temos que acompanhar a evolução do caso nas próximas horas. Não se preocupem. Não me parece um caso preocupante — respondeu o plantonista. — Aqui ela terá toda a assistência necessária para superar esse incidente. Se vocês quiserem visitá-la, passem na recepção do prédio principal, aqui do lado, e se identifiquem. Assim que ela estiver estabelecida no quarto, uma recepcionista irá liberar a entrada de vocês para uma visita.

— Ela está consciente? — perguntou Jandira.

— Sim. Completamente lúcida — respondeu o plantonista.

— Só mais uma pergunta. O senhor sabe me informar qual foi o médico que olhou os exames? — perguntou Carlos.

— Hum... Curioso. O prontuário está sem o nome do médico. Pode ter sido a correria. Temos mais de um médico responsável por plantão. Apenas me passaram o prontuário dela e me pediram para eu vir conversar com a família. Se vocês quiserem, consigo essa informação rapidamente.

— Não é necessário. Obrigado — disse Carlos.

— De qualquer maneira, os exames irão para o quarto e, mais tarde, o médico responsável passará lá para conversar com vocês.

Depois de receberem as notícias sobre Laura, Jandira e Carlos se dirigiram ao prédio principal do hospital. Na calçada, em frente à portaria principal, Carlos ligou para conversar com Thomaz. Durante a conversa, Thomaz disse não ter sido informado que Laura caíra no chão ou batera com a cabeça. Segundo os relatos das pessoas, no horário do acontecido, Laura desmaiara sentada. Para ele, não fazia nenhum sentido o relato dos paramédicos. Encasquetado com a situação, Thomaz se prontificou a averiguar o que realmente acontecera no restaurante.

O prédio principal do hospital, projetado na forma de um quadrado vazado, permitia que todos os quartos, internos e externos, recebessem luz natural. Os quartos amplos se integravam aos corredores através de painéis de vidro do chão ao teto. Seu conceito buscava evitar a sensação de melancolia e isolamento nos hospitais tradicionais. Quando necessário, ao toque de um botão, persianas verticais bloqueavam a visão, fornecendo privacidade aos pacientes.

Ao passarem pelo corredor, em frente ao quarto 702, viram Laura descansando. Entraram em silêncio para não a acordar. Jandira se sentou na poltrona ao lado da cama. Carlos ficou em pé, perto da janela, olhando a vista enquanto pensava. Ambos tinham muito o que pensar. Carlos bem mais que ela.

A quietude do quarto só foi quebrada quando o celular de Carlos vibrou. Era Thomaz trazendo informações obtidas no laboratório. Ao ver de quem se tratava, Carlos chamou Jandira para perto dele e atendeu a ligação, colocando-a no viva-voz no volume bem baixo, para que ambos escutassem as novidades.

Thomaz voltou ao refeitório e pediu ao gerente para ver a filmagem do momento em que Laura desmaiara. O local tinha duas câmeras fora do sistema de segurança do prédio. Uma interna e outra na parte externa, onde Laura almoçava. O gerente o levou até a saleta de administração para ver o vídeo. Laura não caíra da cadeira nem mesmo batera com a cabeça na mesa.

— Pedi para fazer uma cópia, mas ele me disse não poder fazê-la, normas internas. Felizmente, para tudo nessa vida existe um jeito quando se tem boa vontade. Mas... fazendo vista grossa, ele me deixou filmar a tela.

— Cara, só você mesmo. Muito obrigado, Thomaz. Fico te devendo essa, meu amigo.

— Relaxa. Tá na boa, Carlos. Mandei o vídeo pro seu *WhatsApp*. Deixa um beijo aí pra Laura, tá? Diz que eu desejo melhoras. Abração, cara.

Carlos terminou a ligação e rapidamente abriu o aplicativo para fazer o *download* do vídeo. Ao tocá-lo, viram que Laura desmaiara como se fosse um boneco de pano na cadeira. Já desconfiavam que a história não fosse verídica, mas, mesmo assim, ficaram aliviados com as imagens. Ela não batera com a cabeça.

Contudo, Jandira notou um comportamento estranho em outra mesa.

— Volta um pouco antes dela desmaiar, Carlos — pediu Jandira.

— Por quê?

— Presta atenção no homem de jaleco branco, duas mesas atrás da Laura.

O homem, que a princípio parecia ser mais um funcionário do laboratório, olhava fixamente para Laura como se esperasse que algo fosse acontecer. Quando Laura recostou na cadeira, antes mesmo de dar sinais que iria desfalecer, ele já se levantava para socorrê-la.

— Viu! — Jandira disse baixinho. — Agora você acredita em mim. Eu aposto que esse homem nem trabalha no laboratório.

— Você tem razão. Ele se antecipou ao desmaio. Só estava esperando ela passar mal. Foi tudo premeditado. Isso significa que a...

Um enfermeiro abriu a porta do quarto e Laura acordou. Ele trazia uma medicação.

Laura estava bem, na medida do possível. Cansada, e ainda tonta, não se lembrava de praticamente nada. Sua última lembrança era entrar no refeitório. Depois, só se lembrava de voltar a si na emergência, zonza.

Carlos perguntou baixinho a Jandira se valia a pena contar o que descobriram. Vendo o estado que ela se encontrava, Jandira respondeu: — Depois, Carlos. Quando ela estiver melhor.

Como se levada por uma ventania, Alessa passou pelo corredor entrando esbaforida no quarto; jogando seu casaco e bolsa sobre o móvel de apoio para a alimentação.

— Oi, oi — disse Alessa, indo direto até Laura e lhe dando um beijo na testa. — Como você está, menina?

— Tô bem — Laura respondeu com uma voz fraca e os olhos entreabertos.

— Você não tem jeito, hein? Mais uma dessas e você vai nos matar do coração — disse Alessa segurando o seu braço.

Laura abriu um sorriso amarelo e, com a outra mão, segurou a mão de Alessa.

— Não fiquem preocupados. Está tudo sob controle.

— Ah, sim. Supercontrole — respondeu ironicamente, olhando para Carlos e Jandira. — Desculpe, nem falei com vocês. Tudo bem com você? Dira. — Alessa a deu um beijo. Jandira respondeu que sim com sorriso sem graça. Então ela se virou para Carlos, inclinou a cabeça e com um sorriso disse: — Acho que ainda não fomos apresentados? — Carlos se apresentou estendendo o braço. — Ah... Lógico. Você é o Carlos. Prazer, Alessa.

— Alessa. Tudo aconteceu tão rápido que eu... esqueci de te ligar. — Antes que ela falasse alguma coisa, Jandira perguntou: — Como você ficou sabendo?

— Eu liguei para saber como ela estava e a secretária dela me disse o que tinha acontecido. Quase enfartei. Fiquei tão nervosa que larguei tudo e corri pra cá.

— Ah... Que bom que a Julinha tá avisando as pessoas — disse Carlos.

— Ela é muito simpática — disse Alessa olhando para Laura. — E o médico já conversou com vocês?

— O que a atendeu ainda não. Nos disseram que ele passaria aqui mais tarde — respondeu Carlos.

— Afinal de contas, o que foi que aconteceu? — perguntou Alessa.

— Aparentemente ela desmaiou no trabalho e bateu com a cabeça. — Jandira seguiu com a história contada. — Isso é tudo que sabemos. Ela acabou de acordar; não se lembra de nada. Estamos esperando o médico para ver se entendemos melhor.

— É... mas nós sabemos, né? — Alessa levanta a sobrancelha.

Durante algum tempo ficaram calados. O silêncio só era quebrado com algumas perguntas que Alessa fazia a Laura. De vez enquanto ela tentava puxar assunto com Carlos e Jandira. Quanto mais o tempo passava, mais o clima ficava desconfortável. Especialmente para Jandira. Além dos incômodos cheiros do hospital, sentia odores fortes vindos do Carlos e da Alessa. Talvez Carlos estivesse com raiva daquela situação ou da Alessa e ela...

COINCIDÊNCIA?

Não demorou muito até o médico chegar. Jandira estava ao lado de Laura, de costas para o corredor. Alessa, do outro lado da cama. O barulho das vozes no corredor aumentou, indicando que alguém abrira a porta. Alessa olhou para a porta e disse: "Graças a Deus, é você!". Com essa frase, Jandira nem precisava se virar para saber quem ali estava.

— Doutor Nikola? — disse Jandira ao vê-lo. — Que surpresa vê-lo no hospital a essa hora. — Jandira percebeu o exagero no sarcasmo ao ver a reação do Nikola.

Nikola riu e disse:

— Você tem razão, não era para eu estar aqui. Vim resolver algumas questões burocráticas. Quando passei na emergência a vi na maca e a reconheci daquela manhã no parque. Sabia que era amiga de vocês e decidi olhar o caso.

— Poxa. Muito obrigada pela sua ajuda, doutor Nikola — disse Jandira, tentando consertar o que havia dito antes.

— E vocês, como estão? — perguntou doutor Nikola.

— Preocupadas! — respondeu Jandira.

— Eu sei — respondeu doutor Nikola. Ele estendeu a mão a Carlos e disse: — Prazer, Doutor Nikola Fausseni, neurologista.

— Carlos Kannen. Trabalho com a Laura no laboratório Laedys.

Nikola pegou o prontuário.

— Então vamos ao que interessa. A Laura apresenta um quadro delicado. Ela tem um hematoma subdural, uma hemorragia causada pelo traumatismo cranioencefálico. Está sob controle, mas é prudente que ela fique em observação. Minha maior preocupação é o exame de sangue. Seus níveis de toxicidade estão elevados e nenhum outro item se apresenta dentro da normalidade. A última vez que eu vi um exame com essas características, o paciente tinha sido envenenado. — Doutor Nikola olhou para os três e perguntou: — Algum de vocês sabe me informar se ela está em tratamento ou se faz uso constante de algum medicamento?

Jandira e Carlos responderam ao mesmo tempo que não. Alessa apenas levantou os ombros. Nesse momento, Laura abriu os olhos.

— Não estou tomando nenhum medicamento, nem sou usuária de drogas. Antes que o senhor pergunte, não sou depressiva, nem tentei me suicidar. Estava no trabalho, almoçando.

— Eu não ia te perguntar essas coisas, mas é muito bom saber — disse doutor Nikola rindo. — Como você se sente?

— Cansada, acima do normal; muito tonta. Parece até a primeira ressaca da minha vida — disse Laura com a voz ainda fraca. — Mas também não bebo há algum tempo.

— Essa fadiga é normal. Seu fígado está sobrecarregado. Com certeza esse foi um dos motivos que a fez desmaiar. Vou solicitar para amanhã de manhã uma série de exames. Dessa forma poderemos entender melhor o que está acontecendo. O bom é que você já está aqui recebendo os cuidados médicos necessários. Algum de vocês vai dormir aqui essa noite?

Jandira se antecipou.

— Eu vou dormir aqui com ela, doutor.

— Eu também posso ficar — disse Alessa. — Sem nenhum problema.

— Se você não se importa, eu prefiro ficar. Vou me sentir mais tranquila.

— Que coisa boa! Não todo dia que vejo uma disputa para ver quem fica de acompanhante em um hospital. Você está cercada de gente que gosta muito de você. Parabéns, você deve ser muito especial — disse doutor Nikola, sorrindo.

— Então vejo vocês amanhã de manhã. Fiquem tranquilos, a situação é delicada, mas está sob controle.

Doutor Nikola se despediu e ao sair do quarto chamou Jandira para conversar no corredor. Alessa a seguiu.

— Nos últimos dias, vocês notaram nela algum comportamento diferente como... Mudança repentina de humor, confusão mental, ou delírios?

— Não. Não que eu me lembre. — Jandira olhou séria para Alessa que também disse não saber de nada. — Por quê?

— Confusão mental e delírios são sintomas comuns em pessoas com problemas agudos no fígado. Preciso que vocês confiem em mim e me ajudem. Tentem descobrir tudo que ela andava fazendo. Quanto mais informações eu tiver, melhor poderei ajudá-la. E mais rápido e eficiente será o tratamento.

— Vamos tentar, doutor. Mas a Laura é muito reservada, principalmente com a sua vida pessoal — respondeu Jandira.

Alessa concordou.

— É verdade. Não será fácil.

Mal o doutor Nikola se afastou das duas, caminhando em direção aos elevadores, Alessa questionou se essa não era a melhor oportunidade de elas contarem, de uma vez por todas, o que Laura vinha fazendo. Jandira respondeu que não cabia somente a elas essa decisão. Laura tinha que ser incluída.

Não se tratava de consultar Laura. Jandira, definitivamente, não confiava mais em Alessa. Muito menos no doutor Nikola. Quanto mais Alessa insistia na história, mais Jandira ficava irritada. Só pensava em ganhar tempo para buscar uma saída.

Uma coisa Jandira não conseguia entender. Se Alessa estivesse trabalhando com o Nikola, por que insistia tanto em contar a ele sobre a droga? No dia que se encontraram no barzinho, Laura já a tinha entregado a fórmula. O que mais ela poderia querer?

DÉCIMO PRIMEIRO MOVIMENTO

O DIA SEGUINTE

Ainda estava escuro do lado de fora quando o entra e sai começou no quarto. Eram dez para as seis da manhã e os enfermeiros já tiravam a pressão, mediam a sua taxa glicêmica e recolhiam sangue para mais exames.

Laura teve uma noite tranquila. Acordou poucas vezes. Jandira já não podia dizer a mesma coisa. Acordou várias vezes. Além de estranhar o sofá-cama e os ruídos do local, as sombras projetadas nas persianas verticais a deixavam em constante estado de alerta. Principalmente se uma das sombras ficasse parada, perto da porta do quarto.

Apesar dos apertos e furos matinais, Laura estava totalmente desperta. Bem disposta, após dormir dez horas seguidas com soro.

— Só tenho duas coisas para dizer. Obrigada por você ter ficado comigo e... caí numa armadilha, não foi? — questionou Laura.

— Amiga, sinto lhe informar que sim. — Laura deu um suspiro profundo. — Ei! Calma — disse Jandira vendo Laura se levantar rapidamente para se sentar na cama. — Não faça movimentos bruscos. Você pode ficar zonza!

— Jandira, acredite em mim. Eu tô ótima. — Laura pediu para Jandira ligar a televisão, enquanto ela descia da cama. Após se sentar ao seu lado, pegou o controle da TV e aumentou o volume e disse: — Vamos lá. Me conta o que aconteceu.

Passaram aproximadamente vinte minutos falando baixinho, quase no ouvido uma da outra. Jandira começou pela história do desmaio. O que disseram ter acontecido e a verdade apurada por

Carlos. Logo depois emendou com o que havia descoberto em relação à corporação Mielina e como esta estava envolvida em tudo que vinha acontecendo com elas nas últimas semanas. Durante a conversa só foram interrompidas apenas uma única vez pela ajudante da copa que trazia o café da manhã.

Carlos chegou por volta das oito da manhã, no início do horário de visita. O movimento no hospital ainda era pequeno. Parecia a oportunidade perfeita para discutirem um plano de como tirariam Laura do hospital; se Julia não tivesse chegado logo depois.

Assim como Carlos, Julia tinha dito a mesma ideia de ir ao hospital antes do trabalho. Além de querer vê-la, Julia trazia a bolsa e o casaco de Laura, deixados na sala do laboratório.

Jandira sentiu a inquietação de Carlos. Não que ele não gostasse da Julia, pelo contrário, ele a adorava. Seu medo era perder a oportunidade de conversar com Laura sem a presença de Alessa, doutor Nikola ou qualquer outro que estivesse envolvido naquela farsa.

Depois de alguns minutos, com uma desculpa esfarrapada, Jandira chamou Julia para conversar no corredor. Perguntou se ela havia escutado ou percebido algo diferente no trabalho ou no comportamento de Laura nos últimos dias. Isso segurou Julia no corredor dando a eles um tempo para conversarem.

Quando Carlos e Julia se preparavam para ir embora, doutor Nikola entrou no quarto acompanhando de um hepatologista, doutor Eron. Doutor Nikola trazia o resultado do seu exame de sangue matinal. Segundo ele, os níveis de toxicidade continuavam iguais, apesar da medicação colocada no seu soro.

Sem ter sido constatada nenhuma melhora, doutor Eron achou prudente, antes de mudar a medicação, investigar a extensão dos danos ao fígado. Com isso, Laura teria que fazer mais exames do que antes programado.

— Doutor, algum desses exames é invasivo? — perguntou Jandira.

— Nenhum deles é invasivo nem doloroso. Tirando uma nova coleta de sangue para exames mais específicos, os outros serão de imagem. Uma elastografia hepática que é feita através de um aparelho de ultrassonografia e uma tomografia computadorizada. O único desconforto será a picada da agulha para aplicação do contraste, no caso da tomografia — respondeu o doutor Eron.

— Picada de agulha... De ontem para hoje, foram várias — disse Laura já sem se importar mais.

— Infelizmente nossa medicina ainda requer furos e cortes — disse o doutor Eron. — A que horas você terminou o seu café da manhã?

— Acho que às... sete e vinte — Laura olhou para Jandira que confirmou ser essa a hora aproximada.

— Ótimo. Eu vou precisar que você esteja de duas a três horas de jejum pro exame — doutor Eron anotou o horário no prontuário. — Vou avisar o pessoal da enfermaria o horário que eles virão te buscar, ok?

— Eu também solicitei um eletroencefalograma assim que você terminar os exames do doutor Eron — disse doutor Nikola.

— E eu posso dizer não? — brincou Laura.

— Até pode. Mas legalmente, como você desmaiou dentro do seu trabalho, eles são os seus responsáveis aqui. Duvido muito que eles aprovem essa sua recusa — respondeu doutor Nikola.

Depois de mais algumas perguntas, Carlos e Julia pediram licença aos doutores, pois estavam em cima da hora do trabalho. Como ambos trabalhavam no Laedys, Carlos ofereceu a ela uma carona.

Ao invés de visitar Laura no hospital, Alessa apenas ligou para saber como ela estava. Uma mudança repentina para quem queria passar a noite e convencê-la a abrir o jogo com o Nikola. Segundo ela, um imprevisto surgira no trabalho a obrigando a ir direto para lá.

Alessa disse ao telefone que sua ideia era ainda chegar de manhã ao hospital para liberar Jandira. Pediu que ela a aguardasse, pois assim que pudesse correria ao hospital. Jandira agradeceu e lhe disse que ela não se preocupasse, pois Carlos a renderia na hora do seu almoço.

Os doutores saíram do quarto. Pelo painel de vidro observaram o doutor Nikola e doutor Eron conversando. Quando Jandira se virou para fazer um comentário reparou que Laura estava com suas mãos cerradas e o corpo paralisado. Laura mais uma vez tinha saído do seu rastro.

Nem dois minutos depois seu corpo se mexeu. Laura retornou após escutar a conversa no corredor. Doutor Nikola não participaria dos exames. Estava de saída para um compromisso importante. Contudo, deixou claro ao doutor Eron que ele deveria produzir dois relatórios diferentes. Um oficial, que seria entregue a ele, e outro mostrando um quadro mais grave para mantê-la, por tempo indeterminado, no hospital.

— E agora, Lao, o que vamos fazer? — perguntou Jandira sem ver como elas sairiam dessa situação.

— Vamos manter a calma. Combinei com o Carlos que ele trouxesse um conhecido nosso, que é médico, para nos dar uma segunda opinião e me tirar daqui. Carlos ficou de verificar se ele terá condições de vir ainda hoje aqui ou amanhã de manhã — respondeu Laura.

— Entendi. Mas quando ele olhar os resultados falsos... O que isso vai adiantar pra gente?

— Independente, Jandira. Ele é médico e, com o meu consentimento, pode pedir a minha transferência pra outro local. Ninguém pode me obrigar a ficar aqui se eu não quiser. Se eles criarem algum problema, ele pode solicitar que eu refaça os exames fora daqui.

— Então você acha que em um ou dois dias você sai daqui?

— Espero que sim. Mas tenho uma sensação que saio antes. Vamos ver.

— E depois?

— Estou pensando numa saída pra resolver tudo isso de uma vez por todas. Mas primeiro preciso sair daqui. É um jogo. A cada movimento que fizermos eles farão outro. Relaxa.

Perto das dez e meia o maqueiro a levou para os exames. Sozinha no quarto, Jandira recostou no sofá-cama à espera do seu retorno. Mesmo com a televisão ligada, o cansaço era tão grande que cochilou. Só acordou com o toque do celular.

Carlos ligava para avisar que fora chamado para uma reunião e não tinha conseguido se desvencilhar. Seu chefe dissera que a presença dele era indispensável. Jandira disse para ele não se preocupar. Laura já tinha saído para os exames e, como demoraria pelo menos umas duas horas, ela teria tempo suficiente para dar um pulo em casa.

Antes de sair, Jandira colocou a mochila da Laura no armário, deixou a televisão ligada, girou as persianas de modo a parecer que alguém assistia a TV e saiu calmamente do hospital.

...

Jandira saltou do táxi correndo, doida para tomar um banho. Entrou em casa e foi direto ao banheiro. Apesar da pequena janela de tempo, demorou um pouco mais no chuveiro tentando aliviar a tensão. Enrolada na toalha, abriu seu armário e escolheu duas roupas confortáveis para enfrentar o restante do dia. Vestiu-se desanimada. Na mochila colocou seu nécessaire, as roupas e um casaco para aguentar o frio que fazia no quarto de madrugada.

Caso fosse necessário, pensou em levar o *tablet* para poder pesquisar na internet. Procurou no quarto, no escritório e nada. Fechou a mochila e foi para a sala. Ao ver o *notebook* sobre a mesa da sala, lembrou-se que eu o deixara rodando a pesquisa. Pôs a mochila no chão e sentou-se para ver o resultado. Tentou iniciá-lo, mas estava sem carga na bateria. O cabo da energia estava desconectado. Sem querer, ela havia esbarrado nele antes de sair de casa. Colocou-o novamente na tomada e rodou novamente a pesquisa para conferir o resultado no dia seguinte. Não achou prudente levá-lo ao hospital. Ao fechar a tela do *notebook*, Jandira olhou para frente e viu o *tablet* sobre o móvel ao lado da sacada.

Uma insistente buzina a fez abrir a cortina da sacada para ver o que acontecia. Um taxista interrompia a rua para deixar uma senhora idosa, e o estressado motorista que estava atrás buzinava como se isso fosse apressar a senhora ou o táxi.

Olhando a cidade, naquele dia ensolarado, suspirou ao pensar em sua amiga hospitalizada. Mirou seu prédio e... Algo estava errado. Sem acreditar, contou os andares achando que sua cabeça pregava-lhe uma peça. Mas não era nenhuma brincadeira, homens esquadrinhavam o apartamento de Laura.

Inconscientemente deu um pulo para trás largando a cortina. Após o choque, sua primeira reação foi avisar Carlos; no entanto, o telefone só caía na caixa postal. Desnorteada, ligou para polícia a fim de denunciar a invasão no apartamento. Ao atenderem, se arrependeu e informou ter digitado o número errado. Se a corporação Mielina era tão poderosa quanto ela imaginava, delatá-la a polícia, com certeza, não era a coisa mais inteligente a ser feita.

Da porta da sacada, tentou tirar fotos com o celular. A foto com o zoom estava péssima, pixelava toda a imagem; como tremia que nem vara-verde, não conseguia também estabilizar a imagem. Correu até o escritório para apanhar a câmera fotográfica. Nem sinal de vida na bateria. Totalmente descarregada.

Só então pegou o binóculo e focou no apartamento. Na janela do quarto Jandira contou pelo menos três homens vasculhando minuciosamente armários e gavetas. Na sala, outros dois. Um deles entregava papéis a uma mulher de costas, com o cabelo preso, perto da porta da varanda. Procurando mais luz para ler, a mulher se virou e saiu à varanda. Era Alessa.

Agora os eventos dessa manhã faziam sentido. Amararam tudo para que ninguém os atrapalhasse. Alessa ligou ao invés de visitar Laura. Sua oferta de ajuda tinha a intenção de segurá-la no hospital. Como Carlos a renderia, uma reunião de emergência surgiu no seu trabalho o obrigando a não sair. Só não contavam que ela saísse, enquanto Laura fazia os exames. Alessa, no mínimo, imaginou que, pelo seu jeito de ser, ela permaneceria esperando por alguém para não deixar Laura sozinha.

Alessa leu os papéis tranquilamente na varanda. Chegou até mesmo a se apoiar no guarda-corpo, inclinando-se para frente. Em um dado momento ela se endireitou, olhou para trás e caminhou até a porta da sala. Alguém atrás da porta de vidro a chamara. Por causa do reflexo no vidro, Jandira só conseguia ver um vulto. Alessa gesticulava com os papéis na mão, até que o vulto deu um passo à frente e a abraçou. O vulto se chamava doutor Nikola.

Alessa não estava sendo usada. Ela as usava.

Um calor subiu pelas veias do pescoço. Por mais que já suspeitasse do seu envolvimento nos recentes acontecimentos, sentiu como se um caminhão a tivesse atropelado. Raiva, tristeza e arrependimento se misturaram em sua mente. Pensava em como tinha sido tola ao sempre lhe dar um pouco mais de crédito.

Jandira, com a mochila nas costas, saiu de casa feito uma bala. Pegou o primeiro táxi que viu. No caminho para o hospital tentou novamente ligar para Carlos, mas seu celular continuava desligado.

No quarto do hospital, a princípio, tudo estava como ela havia deixado. Laura ainda não tinha retornado. Nem ninguém entrara. Somente de tarde, ela retornou dos exames, numa cadeira de rodas.

— Como foi, Lao? — perguntou Jandira.

— Um porre. Cada hora tinha um problema. Esperei mais tempo entre os exames do que propriamente os fazendo.

— Imagino o porquê. — Jandira imaginou que ela só tivesse sido liberada na hora que eles deixaram o seu apartamento. — E o que o médico disse?

— O mesmo blá, blá, blá. Que o Nikola passa a noite para conversar comigo.

— Tá certo. — Jandira esperou os enfermeiros saírem e disse: — Temos que conversar!

— O que aconteceu? — perguntou Laura, apreensiva pelo jeito que Jandira falara.

O enfermeiro retornou para apanhar a bandeja por ele esquecida no quarto.

— Posso te perguntar uma coisa? — perguntou Laura ao enfermeiro. — Eu estou cansada de ficar na cama. Posso andar um pouco pelo corredor?

— Deixe-me dar uma olhada no seu prontuário. Hum... Aqui não diz nada que obrigue a senhora a ficar em repouso absoluto. Aproveite que o soro está suspenso até o doutor passar por aqui. Estique as pernas. Só peço, por uma questão de segurança, que a senhora não ande sozinha — disse o enfermeiro olhando para Jandira.

— Pode deixar comigo. Eu sou uma ótima bengala — respondeu Jandira.

— Se a senhora ficar cansada, tem um *lounge* do outro lado, onde vocês podem se sentar. Não demorem muito e... por favor... não corram pelos corredores — disse ele rindo.

— Ah, tá. Deixe comigo. Vou tentar manter o limite de velocidade — respondeu Laura, achando engraçado o que ele tinha dito.

O enfermeiro saiu do quarto com a bandeja.

Laura queria se ajeitar um pouco. Aproveitando que Julia havia trazido a bolsa, pediu a Jandira para apanhá-la. Enquanto Laura mexia na bolsa à procura da escova de cabelos, Jandira teve a ideia de lhe perguntar se a chave do seu apartamento estava na bolsa. Laura procurou, virou a bolsa sobre a cama, mas não a achou.

Laura, sem muita surpresa, olhou para Jandira.

— Já entendi. Vamos conversar. Ajeito o cabelo depois.

DÉCIMO SEGUNDO MOVIMENTO

O QUE JANDIRA AINDA NÃO SABIA

Caminharam sem pressa até o *lounge* dos visitantes. No caminho, Jandira explicou toda a armação montada para que ela não saísse do hospital enquanto Laura executava os exames. Contou-lhe o que os homens faziam em seu apartamento e, quando mencionou Alessa e o doutor Nikola se abraçando na varanda, Laura olhou para Jandira com um ar de "eu te disse".

Sentaram-se num pequeno sofá de dois lugares, o mais afastado possível das outras pessoas que ali estavam.

— Lao. Essa situação saiu do controle. Temos que fazer alguma coisa, rápido. Enquanto eu te esperava, lembrei-me da jornalista que me ajudou a divulgar o *site*. Talvez ela possa nos ajudar.

— E como ela ou qualquer outra pessoa poderia nos ajudar? Você mesma teve medo de falar até com a polícia.

— É diferente. Eu tive medo por causa das substâncias ilícitas na fórmula. Não sabia se você ainda tinha alguma coisa no seu apartamento.

— Não. Eu te disse que eu não tenho mais nada lá. Apaguei todos os traços do que eu tinha feito. No fundo, eu imaginava que algum dia podiam tentar algo do gênero — disse Laura. — De mais a mais, como você acha que nós poderíamos explicar a um jornal tudo que está acontecendo sem nos expormos ainda mais.

— Eu não sei — Jandira se exaltou. — O que não podemos é continuar desse jeito. Essa situação está ficando insustentável. Eles já têm tudo. O que eles querem mais de nós?

— Querem tudo, Jandira. Querem tudo mais que você e eu podemos oferecer a eles. Nós somos ativos poderosos às ambições deles. Estão perdidos. Não entendem o porquê da fórmula deles não provocar o mesmo resultado — afirmou Laura.

— Como assim, a fórmula deles? Eu te vi entregando a folha com as substâncias a Alessa no restaurante — disse Jandira, confusa.

Laura solta o ar com um pequeno sorriso.

— E quem te disse que aquela era a fórmula completa? — Laura levantou as sobrancelhas.

— O quê? Então eles... — Jandira fez uma pausa. — Como você previu que ela te pediria a fórmula?

— Eu não previ. Foi um completo acaso, para nossa sorte. Quando o Carlos e eu usamos as dependências do laboratório, ficamos com medo de que alguém nos apanhasse com a fórmula completa. Por isso decidimos dividi-la em dois. Eu fiquei com as substâncias comuns e Carlos, com a supermolécula. É ela que faz toda a diferença. Por isso, na hora que ela pediu a fórmula, eu prontamente entreguei a minha cópia pra não deixar você passar a original completa.

— Supermólecula? Que história é essa?

— Não comentei com você?

— Não que eu me lembre.

— É o veículo que transporta e faz as substâncias funcionarem juntas. Sem ela, a fórmula não passa de um coquetel doido. Sem essa supermolécula, o efeito é totalmente diferente no organismo. A pessoa deve até passar mal.

— Putz! Então foi isso — Jandira levantou a cabeça em direção ao teto. — Agora tudo faz sentido.

— Exatamente. Eles não têm a fórmula completa.

— Não. Não é isso. Lembra que eu comentei sobre a experiência a qual participei no centro de pesquisas do Nikola — Laura balançou a cabeça demonstrando que lembrava da conversa. — Então, ele me disse que queria tentar recriar os efeitos da minha sinestesia em alguns voluntários. Eu achei estranho. Não podia ser assim tão simples. O próprio Nikola já tinha levantado a hipótese de eu ter uma diferença genética; um número maior de receptores olfativos. Enfim... o detalhe é que, coincidentemente, peguei o elevador com uma voluntária que passou mal durante o teste e, me sentindo mal por indiretamente tê-la feito vomitar, acabei pedindo desculpas a ela. E sabe o que ela me disse?

— O quê?

— Deram aos voluntários uma substância amarga antes do teste.

— Estão perdidos. Isso explica o porquê aumentaram a pressão em cima da gente. Já sabem que a fórmula não está completa. Com os exames de hoje, sabem que a estrutura do meu cérebro mudou. — Laura suspirou. — Roubar a chave e invadir o meu apartamento só mostra o quão desesperados estão.

— E se a gente desistisse? Entregasse a fórmula completa?

— Não acredito que mudaria nada. Como eu te disse, somos muito importantes para eles.

— E se nós... fugíssemos?

— Fugir? Aí sim, perderíamos o controle. — Laura olhou em volta. — Lembre-se que, bem ou mal, ainda estamos um passo à frente deles.

O tempo passava e o *lounge* ficava cada vez mais cheio. Isso começou a incomodar Laura. Ela receava que no meio daquelas pessoas, alguém estivesse procurando escutá-las. Notando o seu incômodo, Jandira deu a ideia de continuarem a conversa andando, bem devagar, de volta ao quarto.

No caminho, Jandira desabafou.

— Sempre tive dificuldade em entender as pessoas. Mas não consigo imaginar o porquê Alessa fez isso com a gente? Se ela tivesse conversado e exposto...

Laura a interrompeu.

— Não perca seu tempo pensando nisso. Verdade seja dita, conhecemos ela e a nós mesmas há muito pouco tempo. Se você quer a minha opinião, nós deixamos tudo isso acontecer. Demos crédito demais a ela. Tinha algo de errado no seu gosto, nas suas atitudes. Você não quis acreditar no que sentia. Alessa é ambiciosa; individualista. Provavelmente entrou no site à procura de ideias para ajudar o Nikola. Se aproximou de nós e logo percebeu o proveito que podia tirar. Infelizmente, nós fomos as escolhidas. Ela é fria, calculista. Se bobear, ela é que é dessa tal corporação Mielina e o Nikola, um subordinado a ela. Acho difícil um homem controlar aquela mulher; ela os comanda.

Jandira respirou fundo.

— Se eu pudesse voltar atrás...

— Não temos o luxo de pensar no "se". Pega o celular. Vê se o Carlos já saiu da reunião — pediu Laura.

Jandira põe a mão sobre o bolso da calça.

— Droga! Esqueci o celular no quarto.

Assim que elas viraram o corredor, na parte onde ficava o quarto, Laura parou. Cerrando seus olhos, como se visse algo que não compreendia, observou, por alguns segundos, o corredor vazio a sua frente.

— O que foi, Lao? Tá sentindo alguma coisa? — perguntou Jandira ao ver a expressão em seu rosto.

— Tem uma coisa... estranha.

— Estranha, como assim?

— Meu rastro... a partir da terceira porta começa a afinar; perde um pouco da luminescência. O seu está normal. Independente das aparências de cada um, nem o meu nem o seu entram no quarto.

— Ué!? Tenho que apanhar o celular no quarto. Por que eu não entraria?

— Eu sei disso. Por isso estou achando estranho. Algo vai acontecer. Mas nós vamos continuar em frente.

— Em frente? Vamos dar outra volta no corredor?

— Não. Vamos entrar naquela porta no fim do corredor.

— A escada? Por que iríamos para escada? — Jandira perguntou confusa.

— Não sei. Vamos continuar andando. Afinal de contas, esse é o nosso caminho.

As duas seguiram o corredor em silêncio com seus sentidos em alerta total. Jandira não queria falar nada a Laura, mas pressentia não ser algo bom. Repentinamente escutaram um som muito agudo e contínuo. A cada passo o som aumentava. Uma luz vermelha se acendeu sobre a terceira porta. O barulho de passos apressados, por trás delas, fez Jandira girar a cabeça para ver o que estava acontecendo. Enfermeiras corriam em direção a esse quarto logo a frente delas. Ao chegarem à frente desse quarto, Laura e Jandira puderam ver o que acontecia. A persiana estava aberta. No monitor, ao lado da cama, só uma linha.

Paradas, sem reação, assistiram às enfermeiras lutarem para reanimar um senhor. Como se nelas fosse, a cada descarga do desfibrilador, seus corpos pulavam. Após cada pancada, números piscavam nos olhos lacrimejados de Jandira. Lamentavelmente, todo o esforço das enfermeiras foi em vão. Somente um perturbador silêncio permaneceu no ar.

Uma das enfermeiras, ao vê-las, fechou a persiana.

Laura estava gelada. Dos seus olhos lágrimas vertiam sem que ela piscasse. Apesar de toda tristeza daquele momento, Jandira sentiu um desconcertante odor parecido com o que ela sentia quando estava feliz vindo do corpo de Laura.

— Lao. Sua pressão caiu. Vamos pro quarto — disse Jandira, preocupada.

— Não. Pro quarto não. Precisando respirar um pouco de ar puro. Vamos subir ao telhado. Quero sentir o céu sobre a minha cabeça.

— Ao telhado? — perguntou Jandira, enquanto Laura caminhava, lentamente, em direção à escada. Abalada com a situação, Jandira permaneceu parada sem entender o que estava acontecendo. Esqueceu que aquele era o caminho. Somente quando se lembrou, Jandira reagiu indo ao encontro de Laura.

Subiram, degrau por degrau, os seis lances de escada. O acesso ao telhado não estava trancado. Jandira empurrou a pesada porta de ferro e a estonteante luz do crepúsculo, com nuvens em fogo contra um céu azul arroxeado, as iluminou.

Apesar da hora, ainda estava bem quente. Faltavam apenas alguns dias para o início do verão. A temperatura já estava subindo. Ainda assim, uma suave brisa as refrescava.

Laura caminhou até a larga mureta, perto da borda do prédio, e sentou-se. Jandira ficou apreensiva ao ver quanto próxima ela estava da borda. Após essa mureta, só mais uns quarenta centímetros de laje a separava de uma longa queda.

— Não tenha medo, Jandira. Você não vai cair — disse Laura. Jandira, com cuidado, subiu nela e se sentou ao seu lado. Olhando o horizonte, disse: — Curioso como a vida sempre nos surpreende. Sempre se aprende algo, independente da situação. — Laura segurou a mão de Jandira.

— Por que você está dizendo isso?

— Porque mesmo sendo triste o que nós vimos, aquela situação me mostrou duas coisas. Uma delas me faz muito feliz por ser eu quem te dará a confirmação de algo que você sempre desejou saber. — Laura sorriu. — Eu estava errada. A morte não é o fim. Existe algo a mais.

Por mais que essa fosse a sua maior busca interna, Jandira estava anestesiada. Os acontecimentos e preocupações do dia ainda povoavam a sua cabeça. Apesar de ser uma notícia fantástica, estranhou aquelas frases. Não conseguiu processar a informação de forma festiva. Sem saber como Laura tinha chegado a essa conclusão, questionou-a:

— Você viu o espírito dele?

— Não... Não vi nenhum espírito — respondeu Laura com carinho. — Enquanto observávamos as enfermeiras tentando ressuscitá-lo, percebi outro rastro vibrante após o fino e fraco que ali terminava. Sua aparência era vaporosa como os que eu vi ao sair do meu rastro. Sei que a frase é clichê, mas ele continuou sua caminhada, de alguma forma.

Jandira estava feliz, mas não conseguia se expressar. Ficou sem reação. O que ela, ou qualquer outra pessoa, poderia responder ao escutar uma notícia como esta? Apenas envolveu Laura nos braços, dando-lhe um forte e amoroso abraço. Depois, se ajeitou ao seu lado, colocou a cabeça no seu ombro e, olhando a vista da cidade, disse:

— Obrigada, Lao.

As luzes da cidade começavam a brilhar com a aproximação da noite.

— Você disse que aprendeu duas coisas. Qual foi a outra? — perguntou Jandira.

Laura suspirou e disse:

— O porquê do meu rastro ficar mais afinado.

— E por que foi?

Laura olhou para Jandira.

— Porque, assim como aquele senhor, meu tempo está terminando.

— Cruz-credo! Nem brinca com isso — disse Jandira toda arrepiada. — Me recuso a...

— Por favor, Jandira. Presta atenção. É muito importante que nós conversemos agora. Tenho muita coisa para te dizer e... pouco tempo. Não tenho como reverter isso.

— Não, não, não... Não diz isso. Deve haver um jeito. Há sempre um jeito. Vamos descer dessa mureta; vamos pro quarto. Lá eu chamo os médicos e...

— Dira... Por favor, me escuta. Pra que esse desespero? Acabei de te dizer que não termina aqui. Estou tranquila. — Laura desviou seu olhar para cima do que parecia ser a caixa d'agua do prédio e sorriu. — Tenho certeza que você vai conseguir descobrir o que eu não tive tempo. Sei disso porque te vejo livre e confiante.

Jandira não entendeu o porquê do seu sorriso ao olhar para o alto da caixa, nem o significado de vê-la livre e confiante. Ela estava sem chão. Mesmo após essa notícia, sua falta seria devastadora. Jandira não tinha mais ninguém.

— Como posso descobrir algo que você não descobriu?

— Acredite em mim. — Laura segurou o rosto de Jandira com as mãos. — Você vai!

— Como, Lao? Não tomei a fórmula. Não tenho o seu conhecimento e experiência.

Laura deu um sorriso.

— Ainda não, mas vai. — Jandira arregalou os olhos. — Assim que você sair daqui,vá direto para casa e tome a fórmula. Desapareça por uns dias. Pelo menos até que você consiga achar uma solução para toda essa situação.

— A fórmula está na minha casa? Onde?

— Do lado de fora, naquela caixa de passagem dos cabos; no corredor de serviço. O pacote tá preso com fita adesiva na parte superior. Dentro tem um *pendrive* com a pesquisa e a fórmula corrigida.

— *Peraí*. Quando você a deixou lá?

— Da última vez que eu fui à sua casa. Quando subi pelos fundos. Não quis colocar a responsabilidade da guarda em suas mãos. Nem te envolver caso algo mais sério acontecesse. Era muito perigoso deixar na minha casa. Vide o que aconteceu hoje. Tinha que pensar num lugar seguro, difícil deles imaginarem. Aí, pensei: "Quem pensaria que a fórmula estaria do lado de fora da sua casa?"

— Então você já a tinha corrigido?

— Na verdade, não foi uma correção. Ela estava correta. Apenas alterei a quantidade e a forma de ingestão. A grande diferença, a parte crucial para minimizar os efeitos colaterais, é o que deve ser feito em até oito horas após o consumo. Você tem que se expor ao sol por uma ou duas horas.

— Sol? Só isso? — perguntou Jandira achando a solução muito simples.

— Sim. De seis a oito horas após o consumo, o 82/1 já impregnou o tecido cerebral. Nesse momento, a radiação ultravioleta é essencial para que a supermolécula, contida na fórmula, faça o seu trabalho alterando certas áreas do seu DNA. Depois o próprio organismo passará a reproduzir essas células modificadas de forma natural, sem a necessidade de novas doses. Assim o seu organismo não será envenenado e a estrutura do seu cérebro ficará em constante aprimoramento.

Jandira baixou a cabeça pensando em tudo que Laura acabara de lhe falar. Quando a olhou novamente, na intenção de lhe fazer mais perguntas, percebeu que Laura estava parada com as mãos cerradas.

Laura retornou do seu transe, assustada.

— Jandira. Escuta o que eu vou te dizer. A menina da copa está chegando no quarto para nos dar o jantar e não nos verá. Ela vai avisar os enfermeiros que acionarão o pessoal da segurança. Pelas câmeras, verão que nós entramos na escada. Vão alertar a portaria e nos procurarão pelos andares. Temos pouco tempo antes que eles nos descubram aqui.

— Vamos descer antes que a menina da copa entre no quarto — disse Jandira.

— Dira, eu não tenho porque sair daqui. Você, sim. Só você vai sair daqui.

— Eu não vou te deixar aqui. Vou ficar com você — disse Jandira, começando a chorar.

— Se você não for, tudo o que fizemos, tudo que passamos, será em vão. Não me resta muito mais tempo, mas você tem uma vida inteira pela frente. Faça isso por você. Faça por nós. Não deixe que eles te peguem. Tome a droga. Tenho certeza que você saberá o que fazer depois. Agora vai. Eles já devem estar na escada.

Jandira a abraçou e inspirou profundamente perto do pescoço de Laura. Sabia que essa seria a última vez que estaria com ela. Queria guardar seus números com carinho.

— Vai, Dira — insistiu Laura. — Sobe naquela escada, agora.

Jandira desceu da mureta e correu para a escada de marinheiro que levava ao topo da grande caixa d'água de concreto.

DÉCIMO TERCEIRO MOVIMENTO

O QUE FAZER

No alto da caixa d'água Jandira se virou para Laura que lhe sorriu um tranquilo sorriso de despedida. Laura se ajeitou na mureta, ficando novamente de frente para paisagem, como se não esperasse que alguém ali chegaria.

Jandira deitou-se no teto da caixa sentindo que a qualquer momento seu coração saltaria pela boca. Fechou os olhos. Sua respiração estava curta e forte. Seus ouvidos em alerta prestavam atenção a todos os sons ao seu redor.

O ranger da porta de ferro anunciou a chegada do segurança ao local. Com o vento soprando na sua direção, Jandira sentiu os números da testosterona. Ao perceber que eram dois homens, e não um, grudou ainda mais seu corpo contra a laje.

— Senhora. Essa área não é permitida aos pacientes — disse um dos seguranças.

— Por que não? Só estou respirando um pouco de ar puro. Além do mais a porta estava aberta e eu não vi nenhum aviso de proibido — respondeu Laura de costas.

Jandira escutou o chiado do rádio comunicador.

— A paciente está no telhado — falou bem baixinho o outro segurança pelo rádio.

— A senhora tem toda razão. Vou pedir que seja colocado um aviso na porta. Agora, por favor, desça da mureta e nos acompanhe. Aqui é perigoso para a senhora.

— Perigoso? — Laura riu. — Não se preocupe. Eu não tenho vertigem de altura.

Uma voz distorcida no rádio perguntou se ela estava acompanhada. O segurança respondeu que não. A voz informou que duas mulheres haviam subido ao telhado.

— Senhora. Onde está a sua amiga? — perguntou o segurança com o rádio.

— Ela desceu. Foi comprar chocolates quentes.

Os seguranças falaram entre si algo que Jandira não conseguiu escutar. Logo depois ela escutou o barulho metálico de chaves se aproximando. O outro segurança vasculhava o local à sua procura.

— A amiga desceu à cafeteria — disse ao rádio o segurança que a procurava tentando fazê-la se expor.

Nesse momento, Jandira escutou o barulho de uma pisada forte no chão.

— Senhora, não! Não! — gritou o segurança que conversava com Laura.

Jandira inspirou com força, retesando seu corpo trêmulo, enquanto escutava os passos rápidos do segurança em direção à mureta.

— Ela se... — disse segurança ao rádio, interrompendo sua fala ao ouvir o som seco do corpo de Laura batendo no chão do térreo.

A voz pediu que ele repetisse.

— A mulher se jogou! Ela se jogou! — repetiu o segurança, aterrorizado.

A voz ordenou que eles descessem imediatamente.

A porta de ferro da escada bateu com força.

Jandira não conseguiu reagir. Em completo choque, sua única vontade era ficar ali, deitada, esperando que tudo aquilo tivesse sido apenas um truque de Laura. Porém os gritos vindos do estacionamento a fizeram perceber que era real.

As lágrimas desciam pelo seu rosto sem parar. Jandira virou-se e olhou o céu estrelado. Lembrou-se do que Laura lhe dissera. Não podia ficar ali parada. Tinha uma chance de escapar. Não podia deixar que o sacrifício de Laura fosse em vão. Seu luto tinha que ficar para depois.

Jandira reuniu todas as suas forças e, cautelosamente, levantou a cabeça para se assegurar que o local estava vazio. Desceu da caixa d'água afobada. Tinha que pensar rápido em como sairia dali. Com medo que alguém ainda estivesse nas escadas, examinou o local à procura de outra saída. Viu que do outro lado do prédio existia outra escada. Contudo, não seria fácil. De um lado, uma obra obstruía a sua passagem, do outro, uma densa estrutura de heliponto atrapalhava o caminho.

Sem muita alternativa, decidiu seguir pelo lado do heliponto. Já estava escuro e a falta de iluminação prejudicava a visão. Grades, fios e vigas metálicas por todos os lados dificultavam a passagem. Apressada, Jandira se enfiou por dentro da estrutura metálica. Por várias vezes tropeçou nas tubulações rasteiras e nos desníveis do chão. Bateu com a cabeça nas vigas. Em uma área teve que andar sobre uma viga muito próxima do limite do prédio. Suas mãos estavam suadas, escorregadias. Quanto mais ela se machucava, mais ficava determinada a sair dali.

Assim que ela passou dessa área de obstáculos, Jandira reparou ter rasgado sua camisa social verde que estava por cima da blusa branca. A camisa estava imunda e, com certeza, seria um ótimo jeito de identificá-la pelas câmeras. Então tirou-a e a levou na mão para, antes de descer as escadas, se limpar com ela.

Bem perto da escada, numa pequena corrida, tropeçou numa calha de águas pluviais, sem grade, torcendo o tornozelo. Por essa ela não esperava. Seu tornozelo latejava, mas tinha que continuar. Levantou-se, limpou-se com a camisa e a jogou fora.

Num ritmo acelerado, Jandira foi descendo as escadas. A cada doloroso degrau, pensava em como faria para sair do prédio. Laura tinha dito que eles avisaram a portaria; mesmo com a blusa de cor diferente, como ela conseguiria sair do prédio?

No terceiro andar uma placa dentro da escada mostrava que aquele andar possuía uma conexão ao prédio da maternidade e pediatria.

Com seu coração a mil, pulsando tão forte quanto o seu tornozelo, Jandira abriu a porta daquele andar. Uma seta indicava o caminho à passarela. Respirou fundo e, tentando não mancar, caminhou até o outro prédio.

Um pouco à frente um casal aguardava o elevador no andar da maternidade. Jandira viu que o botão para descer estava aceso. Discretamente se aproximou deles e viu a oportunidade de sair sem ser notada. Alegres e abertos a compartilhar sua felicidade, após o nascimento de seu afilhado, entrou no elevador puxando uma conversa que sua irmã também acabará de dar à luz.

Assim que o elevador chegou ao andar térreo, Jandira se mostrou ainda mais interessada no que o casal falava. Jandira queria passar a ideia de que eles tinham ido à maternidade juntos. Passo a passo, ela estudava a recepção à procura de uma rota de fuga, caso não conseguisse sair pela porta principal. A saída estava cada vez mais perto. Tentando não levantar nenhuma suspeita, Jandira caminhava observando o segurança parado ao lado da porta. Quando os três a atravessaram sem problemas, apesar da dor, Jandira suspirou aliviada.

Andou normalmente até chegar à esquina e fez sinal para um táxi que passava. Por sorte, sua carteira e chaves estavam na calça. Pediu ao motorista que a deixasse na esquina da sua rua. Ainda que o tornozelo estivesse doendo, preferiu andar parte do quarteirão, averiguando o movimento na rua, do que saltar na porta de casa e ser abordada por alguém da corporação Mielina.

Entrou no prédio após perceber que não havia ninguém à sua espera. Ao invés de subir pelo elevador social, subiu pelo dos fundos para pegar o pacote deixado por Laura.

Abriu a caixa e procurou com a mão na parte de cima. Nada. Passou novamente a mão com calma e sentiu uma protuberância bem no canto próximo a porta da visita. Laura o escondera de forma que ninguém, ao fazer algum serviço, o achasse.

Receosa, rodou silenciosamente a chave na fechadura da porta dos fundos e entrou em casa sem fazer barulho. No móvel da sala, perto da porta de entrada, pegou a lanterna. A luz era fraca, entretanto era exatamente isso que ela queria. Com o faixo de luz sempre apontado para baixo, caminhou até o seu quarto para arrumar uma mochila de viagem. O único detalhe era o que colocar. Não sabia para onde ir e nem por quanto tempo ficaria fora.

Sem pensar, jogou o que vinha a sua cabeça. Documentos, passaporte, dinheiro, cartões e uma muda de roupa. No banheiro, pegou alguns itens de limpeza e alguns remédios. Entre eles, um anti-inflamatório para seu tornozelo e um analgésico.

Deixou a lanterna em cima da escrivaninha do escritório, enquanto, na gaveta, apanhava a caixa de joias da avó. Afoita, querendo sair o mais rápido possível do apartamento, puxou abruptamente a tampa criando um deslocamento de ar que fez a foto, sobre as joias, voar ao chão. Aquela foto, da avó Edna era a sua favorita. Queria levá-la consigo. Então, sem demora, agachou-se para apanhá-la e, ao se levantar, desequilibrou-se esbarrando de novo na escrivaninha.

O móvel balançou fazendo a lanterna rolar. O faixo de luz iluminou o vaso sobre o tampo da escrivaninha. Ao redor dele, brilhando, inúmeras partículas de poeira que se desprendiam das rachaduras. Inesperadamente, Jandira foi, mais uma vez, abalroada com a enorme sequência de dígitos.

A origem do número sem cheiro estava na sua frente, o tempo todo. Edna não colocara o vaso ali por beleza ou capricho. Devia ter se encantado com a história do artefato. Talvez ele tivesse sido usado em algum tipo de ritual de expansão mental e, por esse motivo, ela o colocara no local onde estudava e se debruçava para trabalhar, com o intuito de receber os poderes que dele vinham.

O vaso era importante demais para abandoná-lo. Jandira queria saber mais sobre ele; a qual civilização ele pertencera. A fórmula possuía uma supermolécula que, supostamente, seria impossível de ser sintetizada sem o uso de tecnologia avançada. Quem sabe o que mais eles haviam descoberto. Sendo assim, tirou algumas coisas da mochila e o colocou dentro.

Com a mochila pronta, Jandira decidiu se certificar que tudo estava tranquilo e, pela fresta da cortina da sacada, olhou a rua. Aparentemente, o movimento estava normal.

Impossível não olhar, pela última vez, o apartamento de Laura. O local estava às escuras. As portas da varanda estavam abertas, assim como a janela do seu quarto. As cortinas balançavam com o vento.

Jandira se lembrou de Carlos e temeu pelo que podia ter acontecido a ele. Sem seu celular, não tinha como ligar; não sabia o número de cor. Precisaria acessar a agenda de contatos na *internet*. Coisa que ela não faria nesse momento.

Antes de sair de trás da cortina, Jandira viu, no quarto da Laura, uma pequena luz azul movendo-se no escuro. Sem tirar seus olhos de lá, ela esticou o braço, até o móvel onde o binóculo estava, e o apanhou. Nada. Por uma fração de segundo pensou que pudesse ser apenas um reflexo no vidro, mas a janela estava aberta. Quando o virou para a sala, notou o brilho de duas bolas laranja. Assim que entendeu o que era, Jandira jogou seu corpo para trás. Aquelas bolas eram as lentes de um binóculo que observava o seu apartamento.

Em pânico, saiu apressada pelos fundos.

No mesmo momento em que ela corria para sair do prédio, o som de freadas no asfalto e os faróis de carros iluminaram a portaria. Ao parar de correr subitamente, escorregou no chão polido e caiu. Do lado de fora, de dois furgões, homens corriam na direção da portaria.

Arrastando-se pelo chão, Jandira voltou para a parte de trás do prédio. Com muita dificuldade, correu até o muro do prédio vizinho e o escalou. Ao descer, do outro lado, apoiou o tornozelo já machucado. A dor foi lancinante, mas ela segurou seu grito. Sem escutar nenhum som, que indicasse que eles estavam do outro lado do muro, ela se levantou e andou com passos ligeiros, apesar de mancar.

Mais uma vez, entrou num táxi.

— Boa noite, senhora — disse o motorista. — Para onde vamos?

— Boa noite. Vamos para... — Jandira pensou rápido num destino que fosse o mais longe possível dali — o Jardim Dunort, na altura da Rua das Acácias, por favor.

No banco de trás ela pôs o seu cabelo para cima prendo-o com um boné e se curvou no banco para não ser identificada. De rabo de olho, olhava atentamente a rua e os carros ao redor. Três quarteirões à frente, se sentindo mais segura, prestou atenção nas imagens da TV no interior do táxi. No principal jornal da noite uma reportagem, ao vivo, transmitia direto do hospital Alberto Petarus.

— Com licença. O senhor pode aumentar o volume da TV?

"...os primeiros relatos dessa tragédia, indicam que uma mulher de aproximadamente 30 anos de idade empurrou uma paciente do telhado. Não se sabe ainda o motivo, ou o seu nome. A polícia já está de posse das imagens das câmeras de segurança, mas segundo o oficial da polícia, Coronel Limah, tudo indica que o caso tenha sido mesmo um homicídio premeditado..."

Nesse momento o taxista disse:

— Acabei de passar por lá. Tá uma confusão danada. Um pandemônio. O trânsito está fechado na frente do hospital. A quantidade de carros da polícia e de jornalistas é enorme.

— Não é pra menos. Que barbaridade! — respondeu Jandira, quase enfartando.

Aquele era um claro aviso. Se eles quisessem, seu nome e rosto já estariam estampados em todos os jornais. Era uma demonstração de poder. Do que poderiam fazer com ela se ela não cooperasse.

À NOITE NO JARDIM DUNORT

Jandira desceu do táxi e andou pela Rua das Acácias. Uma rua de pedestres famosa pela quantidade de bares e restaurantes, onde a boemia fazia ponto. Era quarta-feira e o movimento não estava tão grande.

Há algum tempo Jandira lembrou-se de ter entrado em um café, nessa rua, que disponibilizava computadores e conexão à *internet* aos usuários. Estava sem seu smartphone ou *notebook*. Estava desconectada do mundo. Por um lado, isso era bom. Sem o celular, não conseguiriam rastreá-la. Contudo, precisava de acesso a rede para bolar um plano e verificar, na lista de contatos do *Google*, o telefone do Carlos.

A prioridade, naquele momento, era falar com Carlos e, assim que entrou no café, foi conversar com o atendente. Disse que estava sem o celular e precisava fazer uma consulta rápida antes de se sentar para comer. O rapaz entendeu a situação e quebrou o seu galho a deixando acessar seus contatos em uma das máquinas. Assim que conseguiu o número, ela o anotou num pedaço de papel e saiu para fazer a ligação.

Andou quase um quarteirão rua abaixo, até encontrar uma senhora, perto do meio-fio, que parecia esperar por alguém.

— Com licença. Boa noite — disse Jandira. — Eu perdi meu celular e estou precisando saber se o meu namorado já está vindo me apanhar. A senhora deixaria eu fazer uma ligação rápida do seu celular. Só quero saber se ele já está a caminho?

— Claro, querida — respondeu a senhora, procurando seu celular na bolsa.

Jandira ligou para o número do Carlos. O telefone chamou, mas nada dele atender.

— Não atendeu — disse Jandira a senhora. — Eu posso tentar novamente.

— Claro. Tente novamente.

Jandira ligou mais uma vez, e dessa vez, a ligação foi atendida. Sua primeira reação foi chamá-lo, mas percebendo o silêncio do outro lado da linha, preferiu desligá-lo.

— É... — disse com ar de desapontada — chama, chama e ninguém atende. — Jandira entregou o celular à senhora.

— Tenta mais uma vez. Quem sabe ele não estava ocupado? — ofereceu a senhora.

— Obrigada, mas eu vou tentar resolver de outra forma. — Jandira sorriu agradecendo a sua ajuda. — Muito obrigada, mesmo.

— Você quer uma carona? Meu marido está chegando. Onde você mora?

— Muitíssimo obrigada. A senhora já me ajudou demais. Boa noite.

Jandira voltou tranquila para o café. Se eles rastreassem o telefone, o seguiriam para longe dali. Além disso, como ela nada falou, não poderiam ter certeza de que fosse ela ligando. A própria senhora poderia ligado por engano para aquele número.

No café, pediu um cappuccino, uma água, um pedaço de torta e se sentou na frente de um *notebook*, onde podia vigiar a rua.

A primeira coisa a fazer, era olhar em sites de notícia o "homicídio" no hospital. Nenhuma reportagem publicara uma foto sua. Isso significava que teria algum tempo antes que eles tentassem algo mais radical.

Depois procurou formas de viajar sem gastar muito. Num blog de mochileiros, encontrou a indicação de um site chamado "Vamos Juntos" onde pessoas se juntavam para dividir os custos de uma viagem de carro. Aquilo era perfeito. Custaria pouco, não teria a necessidade de passar o seu cartão de crédito e nem teria que se identificar numa companhia de ônibus ou aérea.

Entrou no site, fez seu cadastro com um nome falso, e procurou por pessoas que estivessem planejando uma viagem para a fronteira do país. Em um dos anúncios encontrou um rapaz de nome Leonardo, que procurava pelo quarto passageiro para uma viagem a Palova, cidade fronteiriça em Angara Ocidental. Ele e mais duas outras meninas partiriam no dia seguinte, na parte da tarde, de um estacionamento do Jardim Dunort, do lado oposto a área onde Jandira estava.

Vendo a imensa oportunidade, imediatamente entrou em contato pelo vídeo-*chat* do site e, após a tranquila conversa, acertam a sua ida.

Jandira passou um bom tempo no café. Comeu e bebeu na frente do *notebook*, enquanto pesquisava locais em Angara Ocidental onde ela pudesse se manter até decidir o que faria. Quando se deu conta, já era quase uma hora da manhã e, lembrando-se do que Laura lhe havia dito, achou que aquela seria uma boa hora para tomar a fórmula, já que os primeiros raios de sol apareciam por volta das cinco e meia, seis horas. Sem nem pensar, pegou o frasco na mochila e o virou goela abaixo.

Tremendo, Jandira espremeu os olhos e apertou os dentes após sentir o terrível gosto da droga. O líquido, amargo e viscoso, era tão intragável que, antes de sair, pediu um outro doce para tirar o gosto deixado na sua boca.

Saiu do café em direção ao Jardim Dunort. Não fazia sentido ela sair daquela área. Sua carona sairia do outro lado do parque. De mais a mais, o local era muito grande para uma busca noturna e nele, logo pela manhã, teria a quantidade necessária de sol para que a droga iniciasse o processo de alteração do seu DNA.

Depois de caminhar num ritmo lento, devido às dores no seu corpo, percebeu que a partir do bistrô Zéte não existia iluminação no parque. Caminhos, trilhas e todo o restante do parque florestal eram iluminados somente pelo luar. Apesar disso, avaliou que ficar numa área iluminada seria menos seguro do que no escuro. Tinha que se esconder até a hora da sua carona. Embora estivesse assustada com o breu, esse sentimento não lhe tolheu de continuar o caminho à beira do lago.

Bem longe do Zéte, ao pé de um morro, avistou uma reentrância à margem do lago, que formava uma gruta. De difícil acesso, aquele local reservado pareceu-lhe ser uma ótima opção para passar a noite.

Entrar não foi nada fácil. Teve que tomar cuidado com o escorregadio limo nas pedras arredondadas que ficavam ao seu redor. Qualquer descuido poderia fazê-la mergulhar nas águas geladas do lago ou piorar ainda mais a situação do seu tornozelo.

A gruta não era muito profunda, no máximo uns três metros. O piso quase plano.

Colocou a mochila no chão, sentou-se esticando as pernas e observou a vista. Quanto mais sua visão se acostumava com a escuridão, mais bonita e intocável a paisagem se mostrava. Com a calma e a beleza do local, ela finalmente relaxou. E, nesse momento, Jandira se entregou a dor da perda de sua amiga.

Chorou copiosamente. Nunca imaginara que ao visualizar o número sem cheiro, sua vida seria virada de cabeça para baixo. Nem muito menos que esses eventos fossem terminar de forma tão trágica. Em nenhum momento, nem mesmo quando elas estavam no alto daquele hospital, achou que aquela situação fosse terminar do jeito que terminou. Por poder ver o seu próprio rastro, Laura sabia dos eventos que aconteceriam ao chegar no telhado. O viu prédio abaixo.

Como um anjo da guarda, Laura a protegeu dizendo que Jandira tinha ido à cafeteria do hospital. E depois, quando percebeu que o segundo segurança ia procurá-la, se jogou para liberar o seu caminho de fuga. Jandira nunca esqueceria Laura.

Talvez pela emoção, cansaço ou pela droga, Jandira começou a passar mal. Um forte enjoo tomou conta dela. Fez força para tentar vomitar, mas não conseguiu. Quanto mais ela tentava, mais sua visão periférica diminuía. A visão dos números da natureza ao redor provocava fortes pontadas em sua cabeça. Mesmo com todo esse desconforto, passou o descongestionante nasal no nariz, vestiu o casaco, ajeitou a mochila para apoiar a cabeça e se deitou. Tentou dormir sabendo que em poucas horas um longo dia a aguardava.

...

Por algumas horas, Jandira apagou de cansaço.

Sem saber se estava sonhando ou acordada, Jandira viu números, de cheiros nunca sentidos, que não faziam nenhum sentido. Eles mudavam constantemente como se sentisse as camadas dentro do cheiro. Interessada em saber de onde eles vinham, abriu os olhos e notou estar sentada, ao invés de deitada, na beira da gruta, bem próxima à água. Sem poder acreditar no que estava vendo, passou as mãos nos olhos. O parque estava inteiro iluminado com linhas coloridas. Demorou para entender; até que se lembrou de Laura. Aquelas linhas, na verdade, eram os rastros das criaturas da floresta.

O espetáculo luminoso refletia nos seus olhos. No lago, sinuosos e multicoloridos rastros dos peixes. Entre a vegetação rasteira, os de pequenos animais. Nos troncos e galhos, dando contorno às árvores, os rastros de pequenos répteis e insetos. No ar, com o voo de mariposas, morcegos e outras aves noturnas. Até a gruta estava iluminada por pequenos insetos e seres rastejantes.

Ao olhar para trás entendeu o fascínio que Laura sentira e, pela primeira vez, Jandira viu seu próprio rastro. Hipnotizada com aquela beleza, começou a rir. Uma enorme felicidade tomou conta dela. Tão feliz que começou a brincar com ele, tentando agarrá-lo como se fosse uma criança.

Levantou-se, andou para frente e para trás no seu rastro até que, recordando as experiências contadas por Laura, Jandira decidiu experimentar sair dele. Prematuramente ou não, ela tentou. Porém, ao invés de ver somente a gruta em outra dimensão, Jandira foi inundada por imagens. Aquilo a deixou confusa. Na tentativa de se acalmar, ela fechou os olhos e baixou a cabeça. De repente, para sua total surpresa, sentiu o cheiro de Laura. E, ao levantar a cabeça, tinha retornado ao topo do hospital.

Como se ela vivesse duas realidades simultaneamente, mas em tempos distintos, viu-se sentada ao lado de Laura, conversando. Fascinada com aquela visão, se aproximou. Sem acreditar no que acontecia, percebeu que além de rever aquele momento, escutava e sentia os cheiros do local.

Viu o sorriso de Laura ao olhar para o topo da caixa d'água, como se estivesse a vendo ali em pé. Naquele instante, Jandira se virou achando que Laura tivesse visto algo atrás dela. Mas não, não havia nada para ela sorrir. Sutilmente, Laura balançou a cabeça, confirmando que ela a via. Só então Jandira entendeu como Laura tinha tanta certeza de que ela conseguiria fugir daquela situação. Jandira se emocionou.

De forma mais tênue, Jandira viu os rastros das duas sentadas na mureta, o caminho que ela fez subindo caixa d'água e o mergulho que o rastro de Laura fazia. Ao se ver apavorada, chorando, pouco antes dos seguranças chegarem, sentiu pena de si mesma.

Jandira se viu correndo para o alto da caixa. E mais uma vez, sentiu o desespero daquele momento. Quando os seguranças chegaram ao telhado, de outra perspectiva, observou o que somente havia escutado.

Observou os rostos dos seguranças e as suas atitudes. Quando o segundo segurança notificou pelo rádio que Laura estava sozinha, o segurança que conversava com ela, discretamente, começou a rodar o dedo indicador pedindo que ele varresse o local. Percebendo a dificuldade que outra pessoa teria em passar pelo lado em obra, o segurança encaminhou-se para o lado da caixa d'água.

Nesse momento, Laura, falando bem baixinho, disse "nos vemos depois". Ela se levantou ficando em pé na mureta. O segurança projetou seu corpo para correr, mas Laura foi mais rápida se lançando para trás. Mesmo revivendo a cena por outro ângulo, durante os intermináveis segundos, Jandira, com os olhos fechados, ficou congelada à espera daquele horrífico som que viria a seguir. O barulho fez todo o seu corpo tremer exatamente como antes. Jandira arregalou os olhos de pavor e de novo estava na gruta.

...

Os primeiros raios de sol começavam a iluminar o horizonte. A luz, a paisagem, tudo parecia diferente. As cores estavam mais vivas. O ar tinha mais rastros, com o voo dos pássaros. A fresca brisa acarinhava sua pele. Sentia-se mais leve. Suas dores e amarguras do passado não a incomodavam mais. Jandira viu a felicidade exalando do seu corpo.

A cada instante, sua sinestesia ficava mais acentuada. Os números estavam mais intensos. Contudo, não a perturbavam mais como antes. Tornaram-se dinâmicos. As sequências de dígitos se entrelaçavam. Não eram mais números visualizados num plano bidimensional. Via números atrás de números com interligações entre eles, como se o espaço todo fosse formando por estruturas numerais. Agora as sequências eram tridimensionais.

Jandira preparou-se para caminhar. Pegou a mochila e, cuidadosamente, saiu da gruta. Para o seu espanto, o tornozelo não estava mais tão inchado. Nem doía mais. Talvez fosse efeito dos analgésicos e do anti-inflamatório que ela tomara na noite anterior, ou quem sabe um efeito colateral da própria fórmula bloqueando a dor.

A verdade era que, agora, Jandira tinha uma nova etapa a seguir. Era hora de tomar um longo banho de sol. Nem Laura experimentara o que ela estava prestes a vivenciar. Tudo era absolutamente novo.

Caminhou pela mata à procura de um espaço onde ela pudesse aproveitar toda a energia do sol. Mais adiante, quando o sol já brilhava por entre as folhas das copas das árvores, avistou uma clareira de vegetação rasteira, toda florida.

Assim que chegou, deitou-se no chão, expondo ao máximo o seu corpo. Quanto mais o sol esquentava sua pele, mais ela se sentia em transformação.

Muito mais do que aumentar a capacidade intelectual, como Laura, a princípio, alegava ser a função da fórmula, Jandira derrubava as limitações físicas impostas pelo seu organismo, provocando um extraordinário aumento da capacidade sensorial. Seus sentidos estavam tão despertos que, mesmo de olhos fechados, conseguia ver a direção que os números, dos cheiros inalados, iam. Escutava o som das folhas balançando ao vento no alto das árvores. Sentia a vibração dos pequenos animais andando ao redor.

Jandira era uma antena captando tudo.

Ficou deitada ao sol por um bom tempo. Enquanto absorvia os raios do sol, lembrou-se de Carlos, e o que poderia ter acontecido a ele. Jandira não iria abandoná-lo. Nas poucas vezes que esteve com ele, sentiu números bons e afetivos; especialmente com Laura. Por respeito e consideração à amiga, assim que tivesse condições, o procuraria para ajudá-lo no que fosse necessário.

Jandira nunca foi má ou vingativa, muito pelo contrário. Entretanto, sempre que a imagem de Alessa e do doutor Nikola vinha a cabeça, sentia uma necessidade visceral em desmascará-los. Não sabia como nem quando, mas se certificaria que eles nunca mais conseguiriam se aproveitar de outras pessoas.

Lembrando que ainda tinha muito que caminhar até o ponto de encontro, levantou-se. Mesmo com a sensação de gigantesco bem-estar como se estivesse no paraíso, pensamentos quanto ao que poderia fazer, para resolver a situação em que se encontrava, ainda povoavam a sua mente.

Raciocinava mais rápido do que um jogador de xadrez ao analisar a próxima jogada. Ela tinha uma revolução nas mãos. Um presente para a humanidade. E esta não podia ficar restrita a escusos interesses político-econômicos de governos ou de empresas como a corporação Mielina. Tinha que ser para todos. Mas como fazer para que todos tivessem acesso a essa maravilha?

Um pouco mais á frente viu os números de delicados aromas colidindo com o seu corpo. Alguns se transformavam, reagindo quimicamente aos odores exalados pela própria pele. Enquanto observava aquela reação química visual, uma suave fragrância, deslizando pelo ar, a atraiu. Uma belíssima flor acabara de desabrochar. Cheia do doce perfume de néctar fresco, ela enfeitiçava as abelhas que por ali passavam. Elas a desejavam e, quando nela pousavam, enchiam-se do cheiroso pólen, das patas à cabeça. Impregnadas, espalhavam os grãos pela floresta.

Nesse momento, sem nenhum milímetro de dúvida, um grande sorriso surgiu em Jandira. Finalmente descobrira o que deveria fazer com o número sem cheiro. A resposta era simples. Teria que, de forma silenciosa, semear a revolução; e pensou:

"Eu vou contaminar o mundo".

VERMELHO MARINHO